八重の舟

熊福厚嗣

`tsushi

風詠社

目次

装幀　2DAY

八重の舟

一章　那嘉田家の嫁

「古里かい、あるよ、アタシも人の子だからねぇ」

八重さんは投げ遣りな言葉を返してコンコンと乾いた咳をした。

パーマネントをかけた白髪の頭を手拭いで縛った皺の深い白い顔は、五十路《いそじ》半ば前の女とは如何見ても思えない。背を丸めたやつれた顔がじっと私を見詰めた。

「アンタ、どっから来たのさ」

自分の素性をはぐらかすかの様に八重さんは訊ねかえした。

「東京です」

「そうかい、良く逃げられたねぇ」

「逃げたって、如何してですか」

「B29の空爆で東京は焼け野原だって、墨田の川が死体で埋ったたって言うじゃないか」

「あ、そうそう、小学校に入ったばかりの僕は母の田舎に逃げていて助かりました」

「そうだったかい」

「女将さんもご無事でよかったですね」

「アタシかいアタシャ殻の中に居たから……」

八重さんは眉間に皺を寄せ物憂そうな目をガラス窓の外に投げた。汚れガラス越しの斜陽に、苦労の年輪の様な深い皺を刻み込んだ白い顔が赤く染まって見えた。

「飲むかい、焼酎しかなかばって」

灰皿のシケモクを摘まみ上げ、口を尖らせて一口吸ってから、八重さんは薄く紅を引いた唇を綻ばせ黄ばんだ歯を見せた。

「頂こうかな」

「あいよ」

八重さんは小娘の様に目を輝かせてカウンターの内にいそいそと入って行くと、湯呑み茶碗二つと、一膳飯の添え物と思われる一夜干しの菜漬を盛った皿を運びテーブルの上に手際よく並べた。湯呑茶碗には並々とあふれる程の焼酎が入っていた。

「煮砂糖割の芋焼酎、甘くておいしかよぉ」

湯飲み茶碗の底が隠れるほどの煮砂糖が入った芋焼酎を客の私に勧める前に一口飲んで八重さんは舌なめずりをした。

「それじゃあ一杯だけ」

「一杯なんて大の男が情けんなかぁ、遠慮せんで飲んでくれんねぇ」

八重さんは甘ったれた言葉を吐いて艶色の滲《にじ》む眼を私に向けた。

歳を重ね飯屋の女に変わっても体の中には、今も拭い去る事の出来ない遊女の影を残したままの八重さんであった。

市街地から少し離れた浜通りに、飯屋の暖簾を掛けた粗末な食堂は夕刻を過ぎると磯から上がって来た漁師達で結構繁盛するという。

酒好きで客より先に酔い潰れる女主《おんなあるじ》を、馴染みの漁師達は親しみを込めて、ウワバミ婆さん、と呼ぶらしい。

荒くれ漁師相手の商売そっちのけの飯屋は、それでも二十年も続いているのだと、ウワバミ婆さんは自慢気に皺だらけの白い顔を綻ばせた。


敗戦国日本は、ＧＤＰ世界第二位と驚異的な経済復興を果たし、アジア初のオリンピック、大阪万国博覧会を成功させ、新幹線、高速道路開通など国土近代化を進め、戦争の痕跡など無くなってしまったはずの昭和四十五年、私が玄界灘の港町で巡り合ったウワバミ婆さんこと、八重さんは、歴史に残る大不況と大戦争を身にまとったままの姿をしていた。

「一人もんかい」

「いえ、妻と娘が……」

「そうかね、女の子、可愛いだろうね」

ウワバミ婆さんの涼しい目が遠い過去を思い出した様に潤んでいた。

「それに、近い内に妻の母も一緒に……」

「へえー、アンタ優しい男なんだねぇ」

「まあネ」

私は照れ隠しに湯飲み茶碗の芋焼酎を多めに喉に流し込んだ。

「優しい男、アタシャ嫌いだよ」

何故か八重さんは急に顔の皺を深くして湯飲み茶碗の縁を啜り、それから思い直したように元のウワバミ婆さんの涼しい目に戻った。

酒に焼けた掠れ声が私の胸をチクリと刺した。

＊

八重が嫁入りしたのは昭和十三年の春の事であった。

幼い頃、両親を亡くした八重は、九州の玄界灘に面した荒磯から三キロ足らず離れた周囲四キロほどの小さな島で、漁師をしている祖父母に育てられた嫁ぐ日まで島から余り出た事の無い世間知らずの十八歳の島娘であった。

八重の夫は、彼女が育った小島から遠く離れた内陸の村で那嘉田（なかだ）という家の長男坊であった、那嘉田家は肥後の豪族に仕えた武士の末裔で鎌倉幕府が滅び、この土地に根付いた由緒ある家柄であった。

夫の忠雄は農家の男には見えない色の白いきゃしゃな男で、玄界灘の荒海で祖父の漁師仕事を手伝って育った八重の方が陽に焼けて腕っ節も強健に見えた。

体の弱い忠雄に丈夫な跡取りを授かり、由緒ある那嘉田家の血筋を守る為にと、義父の忠勝が望んで八重を嫁に取ったのである。

那嘉田家には忠雄の下に三つ違いの勝俊という弟がいる。彼は兄と比べて骨格が太い男で縁者達の中にはひ弱な長男より次男を跡継ぎにしてはという者も有った。

父親の忠勝はそんな周りの者達の目もあったのか、尋常高等小学校を出た勝俊を外には出さず家に留めていた。先祖代々受け継いだ田畑を守り那嘉田の家を将来に渡って絶やさない事が家長の忠勝に取って何よりも大事な務めであったからである。だがその事とは別に忠勝の胸の内には長男忠雄を自分の跡取りにしたいという深い思いが有った。

夫の苦手な力仕事を上手に手助けし、慣れない野良仕事に精を出す新妻を村の者達は、那嘉田の倅には過ぎた嫁じゃと羨んだ。一年後若夫婦に女の子が生まれ、春に生まれた女の子に義母のトヨは春子と名を付けて可愛がったが、忠勝は初孫を抱く事は余りなかった。家を継ぐ男の子でなかった事が不満なようであった。

それでも若夫婦はじめ那嘉田家の者は睦まじく忙しい農作業に明け暮れた。

三年が過ぎた頃、那嘉田家に来客があった。

客と言うのは関西の大きな港町で船会社を起業して成功した、一族一番の出世頭だという忠雄の祖父の末弟で、二十六歳の夫忠雄も初対面だという程の疎遠の人であった。大叔父の突然の里帰りに、祖父夫婦はじめ那嘉田家の者達は親戚を交えての下にも置かない持て成しであった。だが大叔父の里帰り以降何故か父親の忠勝は家族との会話を避け自室に閉じ籠る事が多く為ったのである。

暫く日が過ぎて、夕食の後、忠勝の部屋に呼ばれ深夜になって寝室に戻った夫の様子が八重は気掛かりであった。

「何の話かね」

忠雄は妻の問いかけに蒼白い顔を無理に綻ばせて、「なんもなか」と言った切り布団に潜り込んだ。

それからまた幾日かがたって、娘の春子を寝かしつけていた八重は、那嘉田家に嫁いで余り立ち入る事の無い奥座敷に呼ばれたのである。

床の間を背に長老の祖父、義父忠勝ほか家族の者が居並ぶ中で、八重は自分には目も呉れず父親の傍らでじっと顔を伏せている夫が気掛かりであった。

「なにごとかね」

かしこまる性分の無い八重は、自分に向けられた家族の重苦しい視線を打ち払う様に周囲を見廻して訊ねた。

沈黙の時間が少しあって、長老の祖父が湿った咳を漏らし、その咳に促されたように忠勝が口を開いた。

「八重、お前に聞いてもらわにゃならん事がでけた」

忠勝の言葉は八重の耳元で低く淀み、反射的に夫忠雄が伏せていた顔を上げ声を震わせた。

「八重は他所から来た女じゃ、俺んかかぁだ」

「那嘉田の家んよめごじゃ」

忠雄の言葉を忠勝がおし伏せ、忠雄はそれっきり口を閉ざした。

また少し沈黙が有って祖母が周囲の者に視線を流し棘のある声を漏らした。

「こげん時、男はつまらん、何の役にもたたんけぇ」

義父と夫のやり取りが如何なる事か、祖母の苛立った言葉の意味も分かりかね、八重は膝を掴んだ手を震わせる夫をただ呆然と見詰めるだけであった。

「八重は、那嘉田の家んよめごじゃ」

忠勝の低く繰り返したその言葉は、家族の者に向けたものではなく、忠勝自身の心の迷いを打ち払う彼の決意を滲ませるものであった、そして忠勝は感情を殺した顔を八重に向けた。

「八重、義理だとは言えワシはお前の父親だ、親の頼みと思って聞き分けて呉れ」

押し黙る家族の者達の射るような目に晒されながら八重は義父の言葉の意味を計りかね

口をとざした。

「先祖から引き継いだ田地田畑を手放すこたできんだ」

家族に為《な》った者とはいえ他人の子である嫁を頼らざるを得ない忠勝の重く沈んだ声が八重の耳の奥で乱れた。能面のような忠勝の顔に八重は底知れない恐怖を覚えたのである。

＊

「あん時アタシャ、いやだーって叫んだ。でも、じいちゃんがアタシん口ばふさいだ、島を出るとき言った、じいちゃんの言葉がアタシを黙らせたんだよ」

そう言って八重さんは皺だらけの顔を歪めて、指に挟んでいた吸い残しのシケモクを灰皿に力なく圧し潰した。

酒に焼けた喉にシケモクの煙が絡んでか、八重さんはまたコンコンと乾いた咳をした。

＊

那嘉田家に思いも寄らない事態が起きたのは、祖父の末弟である大叔父の数十年ぶりの里帰りからであった。

それは親戚中を招いた酒宴の翌日、八重夫婦が畑に出払った後の事であった。

隠居部屋から突然荒げた声が響いたのである。

忠勝の父は滅多に大声を出さない物静かな人であったので、畑に出る前だった忠勝が何事かと隠居部屋を覗くと、畳に顔を伏せ蹲っている叔父を前にして寝間着を乱した父親が仁王立ちし激昂していた。

　気を違えたと思われるほど荒ぶる父親をなだめながら、忠勝は畳の上に散らばっている書面に目を止めた。

　彼はその書面に見覚えがあった。それは叔父が金融業者と取り交わした金銭借用書で、十年近く前叔父から届いたその書面には事業拡大に伴う借用で何の心配もない、形だけの約定書だと言う叔父の添え文が有り、父も忠勝も何の疑いも持つことは無かった。その契約書には連帯保証人として忠勝の父の名と実印が押されている。

「きさまは、那嘉田の家を滅ぼす気かぁー」

　容易ならない事態が起こった事を忠勝は直感した。狂気の叫び声を上げ自分の腕から崩れ落ちた老父を労わる術《すべ》も無く彼は呆然と立ち尽したのであった。

　大正時代の始め西洋で始まった戦争は瞬く間に世界中に広がった。その大きな戦争の後、世界はかって経験した事の無い大不況に見舞われた。後に金融恐慌と呼ばれる人類始まって以来の大不況は世界経済に破滅的な被害を与え、日本国内産業も無論例外ではなかった。

　創業以来順調に業績を伸ばしていた大叔父の船会社は金融会社の助言を受け、同業船会社の買収を行い事業拡大を行っていたのだと言う。

　しかし金融不況の迫る中での事業拡大策は逆に大きな負債を抱えこむ破目に成った。苦境に立たされた大叔父に金融会社は手の平を返したように貸付金の返済を迫ったのだ。

大叔父は全ての資産を処分して借入金の返済を行ったが、完済のめどが立たず形だけの連帯保証であった筈の実家を頼ったのであった。

祖父は最後まで大叔父の申し出を断った。

だが身内の弟には断れても金融会社には断れない。それが世の中の仕組みだと、口惜しがる老父をみやって忠勝は改めて八重に視線を向けた。

「八重、お前を奉公に出す、辛い奉公だが聞き分けて呉れ」

「辛い奉公……」

不安げに訊ねた八重に向かって夫の忠雄がくぐもった声を漏らした。

「廓《くるわ》じゃ」

那嘉田家に嫁ぐ日まで、玄界灘の小さな島で世間知らずに育った八重は、夫の口から洩れた廓の意味を理解できなかった。

世間知らずで廓の事を良く知らない八重は、夫の言葉に底の知れない恐怖を覚え、

(いやだー、そげんこつ、やらん)

訳も分からずに叫んだ彼女の声は音の消えた呻きでしかなかった。八重の叫び声は彼女の意志を阻む他の力に妨げられ言葉に為らなかったのである。

八重の叫びを妨げたのは、嫁ぐ日に八重を見送った祖父が語った言葉であった。

「よかか八重、よう聞け。ワシら漁師んとる魚は海の恵みを受けて育つ、でむ、百姓の米

や麦は田畑に人が落とした汗の分だけしか育たん。良かか八重、此れからは田畑がお前ん海じゃ、那嘉田の家がお前ん船じゃ、家族の乗った船が沈まんように汗ばかけ。堪忍でけん苦労に出おうたら、今日まで育ててもろうた海に恩ば返す心算て辛抱せにゃならん」

＊

じいちゃんがあの時アタシん口ばふさいだ。アタシが口ば開いたら船が沈んでしまう、夫や小さな娘、那嘉田の家んもんが皆海に呑まれち死んでしまうけん。

そう言って八重さんは薄く笑って立ち上がり店の奥に入り、一升瓶を手にして戻ると湯飲み茶碗に芋焼酎を並々と注ぎ入れた。

「誰もおらん、酒が家族たいね」

湯飲み茶碗の底に沈んでいる煮砂糖を小指の先で掻きまわしてから、八重さんは濁ったままの芋焼酎を喉に流し込んだ。

「ああうまかぁ、アンタも、もっと飲まんね」

私も八重さんと同じように湯飲み茶碗に小指を差し込んで、底に沈んでいる煮砂糖を掻きまわした。

＊

部屋の下に小さな川が流れていて、商いの無い日、女達は岸に並んで襦袢をはだけ体を拭く、遊郭の側まで迫っている奥の深い森から流れ出たその川は四、五百メートルほど先で海に流れ込む。細い流れだがメダカやドジョウ、鮒などが生息していて商いの無い日の女達の憩いの場所でもある。

女達は小川の水に晒した手拭いで男の匂いの沁みついた体を拭いた後で、普段であれば襦袢の裾をからげ流れの中に入って、メダカをすくい鮒を追うのだが、その日、女達は店で一番年嵩のお姉さんの年季明けの日であったので、近所の一膳飯屋から肴を買って来て小川の岸でささやかな宴を開いた。

年季を終えるお姉さんは赤線を出て町中に新しく開店した飲食店で給金を貰って働く女給さんに為るのだという。その頃世界中で起きた大不況は日本の経済に破滅的な破壊をもたらした、破産した商家や多くの農家では借金の型《かた》や口減らしのために身売りをする若い娘達が大勢いた。遊女に為った女達にとって給金を貰う女給さんは憧れの存在であった。

（一九五八（昭和三十三）年、「売春防止法」が成立し、赤線が廃止に為った後の女達は、実家に戻る事無く夜の飲食店街に流れて行く者が多かったと聞く）

女達は半ば嬉しく半ば恨めしく思いながら、年季を終える四十路近いお姉さんの為に宴を開いた。八重はどちらかと言えば恨めしいと思う方の女であった。

八重が遊郭に来て四年が過ぎていた。

義父の忠勝は八重に、米、麦、全部を金にして、三年、いやもっと早く那嘉田の家に連れ戻すといった。

幼い頃両親を亡くし祖父母に育てられた八重は厳格で気骨な那嘉田の義父に父親の姿を見ていた事もあって、その父の言葉を信じよう、家族の乗った船を沈めてはいけない、島を出る時言ったじいちゃんの言い付けを守って海に恩を返そうと決めたのであった。

だが四年を過ぎても迎えに来ると言ったはずの義父の姿をみることはなかった。

那嘉田の家を出る前日、何も知らない娘の春子の指に夫忠雄と自分の指を絡め合わせて、家族の絆を誓い合った夜を片時も忘れないと泣いた八重を慰め励ましてくれたのは、この日、年季明けした姉さんであった。だから八重は半分の嬉しさを出来るだけ多くするために、商売以外に飲まない酒をいっぱい飲んで朗らかな顔を繕った。

飲んで悲しみを酒に流した。

仲介人に連れられて家を出る日、那嘉田の家の者は皆、瞼に溢れる泪を拭きもせず八重に向かって手を合せた。だが必ず迎えに行くと誓った義父や夫忠雄は四年経った日が過ぎても彼女を迎えに来る事はなかったのである。

遊女達に祝福を受ける姉さんの側で八重は微笑み返しの頬に冷たい泪を流していた。

＊

戦時色が強まり、農業不況に追い打ちをかけた。

縁者の借財を返すために貯えていた金を金融会社に差し出し、人でなしの覚悟を決め、長男の嫁を身売りしてまで先祖代々受け継いだ田畑を守ろうとする那嘉田の家の者に容赦のない試練が待ち受けていた。

長男の嫁を一日でも早く連れ帰る為に農作業に明け暮れていた那嘉田家に次男勝俊宛の召集令状が届いた。

働き手を取られる那嘉田家はお国の為に出兵する勝俊を複雑な気持ちで送り出した。だが、那嘉田家の不幸は勝俊の出兵だけでは終わらなかったのである。

勝俊を兵役に出した那嘉田家では喜寿を過ぎた老父母までも野良仕事に出る事が多くなった。中でも忠雄は一粒でも多くの米麦を実らせるために、人が変ったように暑い日差しの中で田の草を取り、冬は冷たい風に凍えながら麦を踏み、荒地を耕し甘藷（サツマイモ）を育て寝る間を惜しみ働き続けた。

忠雄は生来虚弱で、家の者は彼の体が心配であった。

父の忠勝は兼ねてから体の弱い忠雄に那嘉田の家を継がせる事の不安もあって、尋常高等小学校を出た次男の勝俊を外に出さず家に留めていた程であった。

事実勝俊は那嘉田家の働き頭であった。仕事の段取りも忠雄とは比べ物にならない手際の良さで忠勝を喜ばせた。

それだけに勝俊の召集令状を受けた忠勝の落胆ぶりは酷いものであった。

「那嘉田の家の誇りじゃ、お国の為に潔い働きばして来い」

親戚一同との別れの席で忠勝は満面の笑みを浮かべ、勝俊の手にした盃に酒をそそぎいれた。（死んではならん、きっと帰れ）と言葉とは裏腹の心で飲む忠勝の祝い酒は五臓六腑に棘を刺す痛々しい泪酒であった。

忠勝は、勝俊の出兵後、昼夜の時を忘れ農作業に明け暮れる忠雄の体が心配で、老いた両親までも畑仕事に借り出していた。

出兵する次男の生きて戻る保証など無かった。忠雄の体に大事がおこれば、先祖代々受け継いだ田畑を守るという事以前に、那嘉田の家の存続さえ危うくする事態に成りかねなかった。忠勝にとって那嘉田家の身代を守り、子孫を絶やさない事が何よりも大事な務めであったのである。

その年、収穫した米を国に納めた秋の終り頃の事であった。

その日、那嘉田家の老夫婦は一年の収穫作業を終えた神仏への報告と家族の慰労のための赤飯を炊く為に庭の筵《むしろ》に干していたササゲをザルに集めふるいに掛けていた。

「良か豆じゃのー」

頭の上から厳つい声がして顔を上げると、立派な軍服を身に着けた男がザルの中を覗き込んでいて、その背後に顔見知りの村役が背を丸めて立っていた。

「稲刈りが終わったけ、豆飯でもと思うてな」

見知らぬ軍服の男に仰天しながら老婦が答えた。

「ぜーたくじゃのー」

「年に一度の事ですけぇ」

返事に困っている老婦に変わって老夫が上目使いに村役の方を見て答えたが、日頃は能弁な村役は何故か無口で老夫婦に援助の言葉を口にする事は無かった。

自分の後で無口で畏《かしこ》まっている村役をふりかえってから軍服の男が言った。

「那嘉田さんは甘藷ばぎょうさん作っちょると聞いたが」

「はい、少しでも金に為ればって思うて、作っちょりますが」

「それでぇ、余った米ば業者に流しちょるちゅう訳かね」

軍服の男は返事に困って呆然としている老夫婦に不遜な目を向けてから、村役を指図して納屋の中に入り、那嘉田家の自家用に残してある籾俵を確かめて立ち去って行った。

その頃の農家の主食は麦であった。米の生産農家はそのほとんどを国に拠出していて、農家の者が白い飯（米のご飯）を口にするのは、正月と限られた祝いの日だけで日常の三度の食事は麦一升に米一合の麦飯であった。

その日、那嘉田の老夫婦は、その年の収穫を無事に終えて神仏への感謝と先祖への報告を兼ねた家事の最中であった。

それから一月ほどが経った年の瀬、那嘉田家宛に役所からの呼び出しが有った。

何事かと出向いた忠勝に軍服の係官が、食料米の横流し、という思いも寄らない罪状を言い渡したのである。

那嘉田家では国の米穀強制買い上げ令に従い、収穫した米は定め通り国に売り渡してお り、身に覚えのない濡れ衣としか言いようのない裁きであった。潔白を訴える忠勝に係官は甘藷の商いに隠れた米の闇商売であることを指摘した。

摘発された業者の荷の中に甘藷の俵に紛れた米俵が発見され調査の結果、那嘉田家に米穀の横流しがあると断定したのだというのである。

その頃は、米以外は農家では民間の業者と自由に商いを行っていたので、甘藷《かんしょ》の商いは法令違反ではなかった。だが係官は甘藷を隠れ蓑にした米の闇取引だと決め付けたのである。そして潔白を訴える忠勝の弁明を聞き入れる事無く、役所は闇取引の罰金として、その年那嘉田家から買い上げた米穀の代金を没収した。

役所は他の農家への警告を込めて裕福と思われる那嘉田に重い罰を下したのである。

闇取引の隠れ蓑とされた甘藷は、忠雄が妻八重の身請けの足しにと、荒れ地を耕し育てた汗の結晶であった、だがそれが災いとなった。

思いも寄らない濡れ衣を被った那嘉田家は嫁の身請けは元より、翌年の米の作付けにも事欠く資金不足に陥ってしまったのである。

那嘉田本家の窮状を知り小作料の前渡しを申しでる小作農家に頭を下げる忠勝の武士の誇りが消えかかろうとしていた。

忠勝の落胆ぶりは傍目にも酷く、家族の者は不安な日を送った。中でも忠雄は濡れ衣の原因が自分の育てた甘藷である事に悩み苦しんだ。

妻の身請けだけを一心に想い働きつめた忠雄の華奢な体には、謂れのない罰に耐えうる余力など残されていなかった。

気力の失せた忠雄の体は夢遊のように動き、死人のように横たわる日を送る様になり衰弱していった。

年が変わった昭和十七年、益々戦時色が強まる中、食料品管理令によって農家の生産するすべての農産物は政府の管理下に置かれ、米麦の他雑穀芋類まで農家は自由商いの道を閉ざされる事に為った。

そして三年後、那嘉田家の者が八重と約束した身請け期日はとうに過ぎ、忠勝が一番恐れていた事態が起こった。

妻との再会を絶たれ、身も心も疲れ果てた忠雄が失意の内に息を引き取ったのである。忠雄の命は、暖かい春の流れを待てず谷に転げ散る積雪のように脆く儚く消えてしまったのである。

嫁である八重を身売りして、先祖代々の身代を守った忠勝の決断を家族の者は誰も非難することは無かったし、忠勝自身も自分が間違った決断をしたと思ったことは無かった。先祖代々受け継いだ身代を守る事が当主の責任であり、子孫に繋ぐ務めを果たす事が忠勝の揺るぎない信念であったからである。

だがその揺るぎない信念が忠勝の心の内で揺れ始めていた。家の為にと心を鬼にした決断が忠勝の五体を軋ませた。那嘉田家の嫁とはいえ他人様の子を身売りする破廉恥な所業が人として許されるものなのか、忠雄の死が忠勝に自己不信を呼び起こした。

長男の忠雄を亡くし、敗戦色が強まる中で、勝俊から届いた手紙には、海軍水兵として決戦の海へ向かう決意がしたためられていた。その事も忠勝の自己不信に拍車をかけた。

勝俊の生きて帰る見込みを無くした今となっては、嫁を身売りしてまで家の身代を守った忠勝の決断は、冷血非情以外の何物でもない人でなしの謀り事でしか無くなっていた。

那嘉田家は代々男子継承を続ける家系である。その事は武士の血を受け継いだ家の当主忠勝の誇りであった。その家訓と言うべき誇りを忠勝は己の愚かな決断によって断ち切ってしまおうとしているのである。

厳格で気骨ある五体に取り憑いた自己不信は、武士の血を汚し忠勝の誇りを容赦なく打ちのめした。自ら下した、人でなしの罰の重さを耐え忍ぶ忠勝の心は無残であった。

長男忠雄を亡くし喪に伏した那嘉田家は質素な新年を迎えようとしていた。

年越しの蕎麦切りを食べ終わると、老父母は田の神様、火の神様、家中の神仏に心の内で手を合せ、忠勝は一人で先祖の墓参りの支度にかかった。

「ご先祖さんが待っちょらすけ」

外では夕刻から冬の風が強まっていた。

妻のトヨは底冷えの夜中に出かける夫の為に、厚手の股引と綿入れを用意しながら、此の処めっきり気弱に為った夫の体が気掛かりであった。

「風が強うなった、早う帰らんね」

「天山おろしはこまか時からん遊び仲間じゃ」

妻の差し出した提灯と線香の束を受け取ると、忠勝はトヨに向かって綿入れで丸くなった体を大げさに揺すって見せた。白い物が飛び始めた宵闇の中に忠勝の持った提灯の火がゆらゆらと揺らぎながら遠ざかった。

一晩中続いた吹雪が嘘のように収まり、新しい年の東の空が白々とあける時刻に為っても忠勝は戻らなかった。

胸騒ぎを覚えたトヨは、お寺や先祖の墓所、縁者の家々を探し回ったが夫の姿は何処にも見当たらなかった。探し疲れ足を止めたトヨの眼に鳥居が見えた、喪中の宮参りは控える筈だと彼女は思って居たので鎮守の宮に夫を捜す事は無かったが、もしやと思い鳥居を潜った境内には、やはり夫の姿は無かった。

途方に暮れているトヨに声を掛けたのは、初詣で賑わい始めた神社の境内でお札焼きをしていた顔見知りの男であった。

男は昨夜忠勝と言葉を交わした事をトヨに話した。

その男に、忠勝は上宮に参るのだと言ったのだという、雪混じりの天山おろしの吹く夜中の上宮巡りは、山道に為れた者でも危険だと止めた男に、忠勝は如何しても上宮にお詣りせにゃならん訳があるのだ、と聞き入れなかったのだと言う。

捜索に出た村人達が目にしたのは、台地に降り積もった真っ白い雪の上に土下座して、上宮の祠をじっと見詰めて身動き一つしない忠勝の姿であった。

厳寒の吹雪に塗れ、五体は白く凍り付いていたが忠勝の肉体を流れる血は微かな鼓動を残していた。

南国の山とはいえ、千メートルの峰天山は北国の山の気象と変る事はない。まして真冬、吹雪の夜の事であった。

奇跡的に忠勝の命を繋いだものは、妻トヨが夫に着せた厚手の股引と綿入れだと、忠勝の様態を診た村の医者は感慨深げに言った。

忠勝の体は強靭だとしか言いようのない回復を見せた。年が改まって数日後、忠勝は床の上に体を起こし、妻トヨに畑に出たいと言った。トヨは元の体に戻す事が先決だと止めたが忠勝は訊き入れなかった。

トヨは仕方なく日差しの出た昼頃に忠勝に連れ添って畑に出た。

畑の土に凍傷の癒えていない体で鍬を入れる忠勝を気づかいながらトヨも夫と並んで鍬を入れた。

夫婦は麦の畝を整える途中で何度も休息を取った。何度目かの休息の時、体を寄せて夫を労わるトヨに忠勝は新妻の頃に見せた涼しい目を向けた。

それから忠勝は白雲の流れる初春の大空に群青の影を正す天山を眩しそうに見上げた。

「母さんが待っちょる、帰ってこい勝俊」

天山の嶺に向かって呟いた忠勝の体は、新しい年の穏やかな陽に包まれゆっくりと寄り添っている妻トヨの胸に沈んでいった。

厳寒の冬の天山上宮の祠で奇蹟的に永らえた忠勝の命、それは忠勝とトヨ夫婦に神が与えた慈悲の時、御仏が差し伸べた掌の中の一時の浄土であった。
長男忠雄の後を追う様に忠勝が逝ったのは、日本が無条件降伏して太平洋戦争が終焉する年の初春であった。

昭和二十年八月、敗戦を受け入れる玉音放送が日本中に流れ平和な暮らしに戻れる日を迎えても那嘉田家は癒える事の無い深い悲しみの底にあった。

老父母は、隠居部屋に籠り外に出る事は無くなり、トヨだけが一人で畑に出る日が続いていたそんなある日、孫娘の春子が庭で一人石蹴りをしていた。

「お前春子か、大きゅう成ったなぁ」

お日様を背にした大男が春子を見下ろした。軍服姿に怖い記憶ばかりの春子は怯えて何も答えず家の中に駆け込んだ。

開け放された玄関先に直立した大男は家中に響き渡る大声を上げた。

「海軍上等水兵那嘉田勝俊、只今帰宅いたしました」

大不況下の大戦争は忠勝と長男忠雄の命を奪い、那嘉田家に苦しみと失望だけを残し、家の存続さえ危うくしていた、底の知れない窮地の中での勝俊の帰郷は、明日をも知れぬ闇の中にあった那嘉田家の九死に一生を得た正還であった。

それは当主の忠勝が己の命と引き換えに神仏と祖先に願った生還であった。

＊

終戦を迎えＧＨＱ統治下、巷《ちまた》では花街を赤線と呼ぶようになったが、そこで暮らす女達には何の変化も無かった。

何時ものように夕刻に灯の点る格子窓の内で、赤い格子縞の襦袢に白粉の胸を覗かせて、戦地帰りの軍服姿の増え始めた通りを眺める女達は、折よく客が付けばお酒が飲めたし、客が付かなければ賄い飯だけの夜長である。

那嘉田家からの迎えの無いまま既に七年が過ぎていた。

そんな折、八重はアメリカ軍の空爆で家を焼かれ身内を無くし、遠縁の者の紹介で遊郭の下働きを始めたと言う商家の娘と親しく話すようになった。

小柄で色の白い十八歳の女の子に八重は玄界灘の小島で育った頃の自分の姿を見ていた。

八重は物心がついた頃には船に乗って祖父と一緒に海に出ていた。子供の頃の八重は雪のように白い肌をしていたのだが、船の上で祖父の手伝いをするように為った彼女の肌は十八歳の頃には潮風と太陽に焼かれ、真っ黒な男勝りの荒肌に変わっていた。

立派な跡継ぎをと願う忠勝が那嘉田家の長男の嫁にもらった八重は、実は色白の愛らしい女の子であった。だから八重は暑い日差しの中、一日中川岸に出て遊女達の汗に汚れた襦袢を洗っている下働きの娘が自分の写し絵のように見えたのである。

「白いお肌が台無しだよ」

日傘を差し掛けながら、遠からず自分と同じ定めになるだろう若い娘の身が気掛かりな八重であった。

裕福な暮らしをしていた筈の商家のお嬢さんは、戦争さえなければ好いた男性と一緒に為って幸せな家庭を持てただろうに、お首にもそんな素振りを見せず遊郭の下働きをしている娘が八重は不憫に思えた。

それで遊郭の賄い飯の残り物しか口に出来ない娘を、こっそり近くの一膳飯屋に誘ったりもした。

「八重ねえさん、お大尽《だいじん》は今度何時おいでになるの」

半年もたった日、一膳飯屋に誘った娘が恥じらいながら尋ねた。

彼女が、お大尽と言ったのは、年季明けをして今は街中の飲食店で女給をしている八重達がお姉さんと慕っていた遊女の馴染みの客の事であった。今はその姉さんの取り持ちで、八重の常連に為って居る老県会議員の事である。

彼は身分を隠し女遊びをしていて、遊郭では、お大尽と呼ばれていた。

「さあねぇ」

下働きの娘が何故お大尽の登楼を訊ねたのか八重は知っていてとぼけ顔をした。この老客は何時も運転手付きの車で遊郭に遣って来た。主従のけじめなのか、単なるケチなのか、決してお供の者を座敷に上げることは無かった。

それでお供の運転手は主人が女遊びを終えて戻るまで、格子窓の外でひたすら待つのである。お供の者は一応秘書という事であったが、公私の区別のない雑用係のようであった。

その頃のお大尽のお供をしていたのは戦地から復員したばかりの青年であった。

その青年と下働きの娘が言葉を交わすようになったのは、彼女のちょっとした心遣いからであった。夕食を終えると彼女は、何時も遊郭の側を流れる川岸に出て古里の方角の空に煌めく星を眺める。子供の頃母と眺めた星と同じ星を眺める一時の時間が何よりも彼女には大切な時のようであった。その日は北の風が強く吹き肌寒い夜であった。夕食を済ませ何時ものように川に下りようと遊郭の外に出た娘は、格子窓の外で背を丸めている青年と視線を合わせた。

その青年が遊女達の間で、お大尽と呼ばれている老人のお供の運転手だと直ぐに分かった娘は、台所に引き返し湯飲み茶碗に熱い湯を注ぎ入れて青年の元に運んで行った。

その事がきっかけで、二人はお大尽の登楼の度に川岸に下りて幼い頃、娘が見たと言う星を一緒に見るように為っていた。

八重はそんな二人の仲を知っていてほんのちょっと羨ましくて、それで「さあねぇ」と、とぼけ顔をしたのだった。

下働きの娘はそれっきり何も言わずに八重がおごって呉れたラムネを飲んだ。欲得ずくの男達の裏側を覗く遊女に為っても八重は小さな島で育ったままの心の純な女であった。

八重は遊郭に来て三年が過ぎ七年が過ぎても、那嘉田の家を離れる日の義父忠勝との約束、必ず連れ戻すと娘春子の指に絡めた夫忠雄との誓い、那嘉田家の家族一人一人を胸に抱き締めて、家族の無事だけを思って辛い奉公の日を過ごしていた。そんな律儀で純な八重の心が幸せそうに語らう若い二人を羨ましく思ったのである。若い二人を羨む八重の純な心は忠雄を偲んだ、抱き締めて優しい言葉をかけて欲しいとは言わない、せめて一時だけ側に居て呉れたならどんな苦労も我慢できる、ましてや睦み合う若い男女を羨む事など有りはしない、だがどれだけ偲んでも夫は八重に寄り添う事の無いまぼろしであった。

まぼろしの夫は八重の心を切なくもてあそび、胸の鼓動が置き忘れられた季節外れの風鈴の音のように空しく鳴り響くだけであった。

　まるで夫を慕うような風鈴の響きは、八重の目頭から零れ出て純な心に落ちた泪の粒の衝撃音、人を羨む事の無かった八重の流した一粒の泪は、穢れの無い心の湖を少しずつ哀しみの色に染めていった。それは初めて人を羨む哀しみの色、八重の自覚する事の無い嫉妬であったのかもしれない。

　八重が二階に上がると、お大尽は先に挨拶に上がった女将と何やら訳あり顔で開け放した障子戸の下を覗き込んでいた。

　八重は二人の側まで進んで畳に三つ指をついて丁寧にお辞儀をしたが、客の老人は彼女を一瞥しただけでまた障子戸の下を覗き込んで女将に訊ねた。

「あの娘かね」

「素直な可愛い娘ですよ」

「そんなに良い娘かね」

「お肌もとっても綺麗だし、先生だって……」

「先生は止めて呉れ」

「あっ、お大尽でしたね」

　彼の素性はとっくに遊郭の者にはバレてしまっている事であったので、お大尽の仏頂面に女将は口元を手で隠して笑った。

障子戸の下に見える小川の岸には若い男女が夜空を眺めている筈である。八重は二人の話を聞きながら下働き娘の水揚げ話だろうと思った。

そういえば、彼女は遊郭にきて二年近く経っており、近頃は座敷にお茶など運んだりして居るし、もうすぐ二十歳になるという娘に、そろそろそんな話が出るのも仕方ないだろうなと八重は思った。そんなぼんやりとした八重の脳裏に若い男女の姿が浮かんだ、それは彼女が生まれて初めて羨ましいと思った仲睦まじい光景である。

（いやだーそげんこと）

突然八重の頭の中で、義父の忠勝に彼女が叫んだ音の無い悲鳴が遠雷のように聞こえた。八重は自分と下働きの娘の身を重ね合わせ身震いしながら、お大尽と女将の話を聞いていたのである。


一月近くが過ぎて遊郭を訪れたお大尽の座敷にはやはり女将が先に呼ばれて居て、二人は混み入った話の最中のようであった、
膳を運んできた八重を斜めに見て女将が訊ねた。

「アンタ、下働きの娘の面倒見てるんだってねぇ」

「偶《たま》に話はするよ」

八重は、前回お大尽の座敷で二人の話を聞いていた事もあって関り合いに為りたくな

かったので警戒気味に答えた。

女将は、八重の方に向きを変えて、

「折り入ってアンタに頼みがあるんだよ」

そう言って女将の口から出た言葉は下働きの娘の水揚げの話ではなかった。

高齢のお大尽が体力の衰えを感じているようだと、側に居る本人の顔色を窺いながら女将は遠慮気味に喋りはじめた。

そう言えば最近逢瀬が少なくなったなと女将の話を聞きながら八重は思った。

遊郭通いどころか、選挙区回りもおろそかに為って居て支援者の中から引退を求める声が出ているらしい。彼は体力に任せたどぶ板戦術と大風呂敷を広げる大法螺説法が有権者に受ける県会議員だったので、高齢による体力の衰えは彼の議員生命を脅かしているらしい。お大尽の人並み外れた体力は彼のアキレス腱でもあったのである。八十近い高齢の彼はそれを認めざるを得ず議員引退と言う苦渋の決断をしたのだと女将は言った。

女将の話を聞き流しながら、金づるが無くなるな、と八重は少しだけ残念な気がした。

「議員さんじゃなくなるのかね」

いかにも残念とでもいうような顔をして見せた八重の方に女将が身を乗り出した。

「苦労して手に入れた県会議員の座だろう、お大尽は他人に取られたくないっておっしゃってるんだよ」

「そうだねぇ」

（往生際が悪いねぇ）と喉まで出た言葉を飲み込んで八重は愛想の良い言葉を返した。

八重にとって彼は金使いの悪いしみったれた客でお大尽という程の上得意様ではなかった。年季明けした先輩遊女から引き継いだ常連さんだったので、八重は残念そうな素振りをして見せただけの事であったのだが、そんな彼女の素振りを見て女将は八重が同調してくれたものだと顔を綻ばせた。

「そうだろう、色々大変なんだよう」

それからの女将の長話は八重には退屈な時間であった。

県会議員引退を決めたお大尽には娘が一人が居て、その娘には戦争で亡くなった夫との間に出来た男の子がいるのだという。彼は十歳になるその孫に何としても県会議員を継がせたいというので二人はその方策を相談し合っていたらしいのである。

（やっぱり往生際の悪い身勝手な男だな）と半分聞き流していた八重に投げかけた女将の言葉は彼女には受け入れ難い謀り事に思えた。

「お大尽のお供をしてる運転手、アンタ知ってるだろう。あの青年を娘の婿にと仰っているんだよ」

（何言ってんだい、あの青年は）と心に呟いた八重の胸でさざ波がたち、彼女は思わず声を漏らした。

「いやだよ女将さん、あの人には……」

そう言って微笑んだ女将は急に遊女達を差配する時のきつい顔に変わっていた。

「そうなんだよ」

「選挙が近いし、ぐずぐずしてる暇がないんだよ」

それから女将は遊郭の主の表情のまま話を続けた。

お大尽の近親者には学問を修めた優秀な者は沢山いるが、利口な者は恩を忘れ自分の利に走る恐れがあるのでそれは困る。自分の後継者に必要なのは恩を忘れない忠誠心だけあればよくて学問など必要がないと、彼からの受け売りをクドクドと八重に言い聞かせた後で、女将は運転手の青年がそう言う事もあって後継者には適任なのだと言った。その上で彼が既にお大尽の娘婿として次の選挙に出る事を了承しているのだと言った。

それから女将が笑み一つ見せず、頼みと言うより遊郭の主の顔で八重に申し渡したのは、お大尽の娘婿に女が居ては選挙に差しさわりが出るので内々に二人を引き離す謀り事であった。

遊郭の上御得意の意を受けた事だとは言え、余りにも身勝手な女将の言い分に八重は不快感を覚えた。

八重にとっては議員先生の後継者が誰であろうと、孫が如何なろうと如何でも良い事であった。それよりも、自分に生まれて初めて羨ましいと思わせるほど下働きの娘と睦み合って居る青年が、お大尽の婿養子に成る事を承諾していると言う女将の話は信じがたかったし、健気な娘の泣き顔は見たくなかったので、彼女は二人の話に乗りたくなかった。

謀り事に同調する様子を見せない八重に業を煮やした女将は、突然これまで八重達遊女に見せた事の無いような笑顔を繕って言った。

「八重、上手くやって呉れたらご褒美だよ」


お大尽と女将の謀り事を聞いてから数日が経った。

一人夜空の星を見上げている娘の姿を見つけ八重は川岸に下りた。

「今日は良い人来なかったねぇ」

「いやだ、良い人だなんて」

顔を赤らめて恥じらう娘に八重は二の句が継げなかった。

するとちょっぴり羨ましい八重の頭の中で陰の八重が呟いた。

(女将の話、如何するんだい)

(損得ずくの話だよ)八重は陰を払ったが、

(損得ずくの話に乗ったんだろ、アンタ)、陰がまた呟いた。

(仕方ないじゃないか、義理だよ)

(義理ねぇ、義理は損得ずくより重たいんじゃないのかい)

陰に急かされて八重は躊躇した二の句を口にした。

「アンタ達どこまで進んでるんだい」

唐突な八重の問い掛けに下働きの娘は顔を伏せて何も答えなかった。

（心底惚れてる）と八重は思った
（この娘の良い人は、お大尽の後家娘と一緒になるんだ）また陰が呟いた。

（信じられないんだよ）

（運転手にだって義理もあるし損得ずくもあるんじゃないかい、それに……）

（それに何だい）

（議員だよ、滅多に手に入る代物じゃない）

（県会議員がなんなのさ、二人は愛し合ってるんだ）

（愛ねぇ、愛だけの人の心、淋しくないかい）

陰の自分と問答しながら八重はふと淋しいと思った。

睦まじく語り合う若い二人を見て、羨ましいと思う八重は夫の忠雄のもとに心を偲ばせた。だが幾ら偲んでも忠雄は自分の側に寄り添う事の無いまぼろしであった。胸に抱いたまぼろしの夫を思う八重は淋しかった。

（そうだろう）

陰の呟きが八重の脳裏に浮かんだ忠雄と娘の恋人の姿を交錯させた。約束の期日をとうに過ぎているというのに文一つ届けてこない夫の顔に、娘の恋人の顔が写し絵のよう重なって見え、八重は恨めしい声を上げた。

（何で迎えに来てくれんとね）脳裏に浮かぶ夫に投げた八重の嘆き声は写し絵の娘の恋人への恨みの言葉に変わっていた。

「アンタ、騙されてるよ、アイツには他に女が居るんだ」

「如何してそんな意地悪を言うの」

泣きそうな目で問い返す健気な娘の目は、八重の脳裏に浮かんでいる夫を見ている彼女自身の目でもあった。

「騙されてるよ」八重の口から零れ出たその一言には夫忠雄との約束の心許無さが滲んでいた。人の心の裏側を見る商売女に為っても八重は忠雄をひたすら信じ、那嘉田家の者達に疑いの心を持つことは無かったのである。

八重の唇から零れた言葉は彼女の純な心に冷たい波紋を広げた。

（人間は損得ずくの生き物さ）もう一人の八重が囁いた。

そして八重は女将に指示された通りの事を下働きの娘に喋った。

運転手の青年がお大尽の娘婿に為る事。婿入りした後に、後継候補として次の県会議員の選挙に出る事、その事はずっと前から運転手の青年が承諾している事だと、話をした上で、出世の為に好いた女を見捨てる男は最低な奴だと慰めを言って八重は労るように娘の背を撫ぜた。だが娘は八重の話を聞き入れなかった。

「そんな事嘘だわ、八重さんの意地悪」

恋人を必死に信じようとする娘が八重は不憫でならなかった。その娘の姿は夫を信じたい自分自身の姿に他ならなかったからである。

だが、その時の八重は何時もの彼女ではなく、女将に忠実な損得ずくの遊女であった。何よりも女将の口から出たご褒美が八重は欲しかったのだ。

そして、すすり泣いて川岸に佇む娘の背に向かって八重は非情な言葉を口にした。

「あ、そうだ。良い話、アンタに身請け話があるそうだよ、羨ましいねぇ、玉の輿だよ」

八重の口から出た偽りの良い話は、その日の内に遊女達の間に広がって行った。

それから数日が過ぎた。二階の窓から見える川岸に、洗い物をする下働きの娘の姿は見えなかった。

玉の輿と羨んだ下働きの娘が居なくなって騒ぎ立てている遊女達をよそ目に遊郭に姿を見せたお大尽は女将と八重を前にして上機嫌であった。

「早速だが……」

そう言って、女将の注ぎ入れたコップのビールを一気に飲み干した彼は、傍らの風呂敷包みを女将の膝元に押し出した。

「ご苦労だったねぇ八重、お大尽からのご褒美だよ」

八重は戸惑い気味に頷いた。

八重は二人の手先に為った事を少し悔やんでいた。

二人の謀り事に彼女は賛同した訳ではない。自分の手を汚さず利を得ようとする二人を穢《けが》らわしいとさえ思った。だが、女将の言ったご褒美に遊女八重の目が眩んだ。約束の期日が何年も過ぎているというのに迎えに来ない夫忠雄や義父忠勝への心許無さが女将の言ったご褒美に彼女を縋り付かせたのである。

お大尽の謀り事を聞かされた日、女将は八重へのご褒美の話をした。ご褒美、それは八重の遊郭からの無罪放免の足抜けであった。

謀り事への加担を渋る八重の鼻先に、女将は彼女の欲しがる取って置きのご褒美を出して見せたのである。

遊女の身から抜けたい、夫と娘の元に帰りたい、遊女の八重はその褒美が如何しても欲しかった。だが、その為に有りもしない下働きの娘の身請け話まで持ち出して、恋人との仲を引き裂いたその事が棘に為って八重自身の心に刺さったままであった。

健気な娘を犠牲にした後ろめたさが有った。

だがそれは、自由の体に戻れた喜びを損なう程の後ろめたさではなかった。

自分が身売りされたのだという事も気付かずに、ひたすら義理の父親を信じ夫の迎えを待ち望んでいた純な女の心に忍び寄った陰、それは仲睦まじい若い男女を羨ましいと思った女の切ない嫉妬であった。

損得ずくの世の中だと、胸に言い聞かせる八重の心の片隅に下働き娘の健気な姿が残ったままであった。

だが八重は自由であった。男の汗と匂いの沁み込んだ赤い格子縞の着物を脱ぎ棄て、那嘉田家を出るとき身に着けて来た藍染めの着物に袖を通した八重は、晴れて自由の身に戻ったのだ。

格子窓の柵に閉ざされて、十年もの間過した女の館を振りかえる事も無く、八重は表通りに走り出た。その道の先には八重が十八歳まで育った玄界灘の小島に続く海がある。

八重にとって、海は自由の証明であった。

八重が遊郭から足抜けをして自由の身に戻ったのは、戦争が終わって四年余りが過ぎた昭和二十四年、初夏の頃であった。

＊

「そりゃアンタ、嬉しかったさぁ」

八重さんは薄い紅の付いた唇を目一杯広げ迸《ほとばし》るように声を上げた。

娘の春子に会える、夫の忠雄の待っている家族の元に帰れる。

辛くて長かった遊女暮らしから解放された八重さんは、藍染めの着物の裾を乱し一目散に走って海に駆け込み、両手いっぱいにすくった懐かしい海の水と潮の匂いを、体中に浴びせたのだと皺だらけの顔を綻ばせた。

暫く懐かしい時を瞑想するように窓の外を眺めていた八重さんは、元の老婆の顔に戻って湯飲み茶碗に残っている芋焼酎を啜った。

二章　観音堂

潮の匂いの尽きない街道を一時間余り東に歩くと、まるで海のように広い河口に辿り着く。川面の先に果てしなく続く松原を左に見て、川の流れに沿った土手の道を川上に向かって歩く八重の行く手に白雲の沸き立つ大空に秀麗の山影が見える。天に聳え群青色に染まった山に向かって脇目も振らず歩いた。

川の上流の那嘉田の家までの遠く長い野原の道も八重の足には遠すぎる事などない。だが玄界灘の漁師の頃の八重ならば造作のない道程であったかもしれないのだが、十年もの遊女暮らしですっかりひ弱に為ってしまった彼女の体は、市街地を五キロ足らず歩いただけで悲鳴を上げていた。それでも八重は足を止める事はなかった。

蛇のように曲がりくねり、雑草と小石の悪路に足を取られながら、予告なしの自分の帰郷を那嘉田の者達は如何思うだろうか。夫はきっと「お帰り」も言わず泣いてばかりだろう。それに比べ義父の忠勝は「よう戻った」と親の威厳の一言だけかも知れない。娘の春子は自分を忘れずにいて呉れて居るだろうか、義母、祖父母の顔一人一人を思い出しながら、希望と不安の入り乱れる帰郷であった。

八重が、竹や草木の生い茂る山間《やまあい》の村に辿り着いたのは西の山に陽が陰る時刻で、水田を渡る風に緑の色を増した稲の葉先が波のように揺れ、丘の畑には刈り取りの時期を迎えた麦の穂が黄色く潤んで見えた。懐かしい里の景色は疲れ果てた八重の体を優しく労わり迎え入れてくれた。

灌漑用の池の側の道を四、五百メートル歩き孟宗竹の林を抜けると那嘉田の家である。小高い丘陵地に建つ懐かしい人達の住む家は、赤い斜陽に照らされ八重を静かに迎えた。八重は孟宗竹の側で足を止め、乱れた髪を指で整え、汗にまみれた首を掌で拭き、着物の乱れを直してから那嘉田家の庭先へ入って行った。

庭に遊ぶ幼い子供の姿が目に入った。八重は一瞬春子が居ると思った。しかし幼いその子は八重の姿を咎めるように顔を曇らせて逃げるように納屋の中に逃げこんだ。十年の時を過ぎて幼いままの春子が居る筈もない事であった。

彼女は家を間違ったのかなと思ったのだが、周りに目を遣ると母屋前の築山には黒松の長寿の幹が整然と茂り、嫁に入ったばかりの八重が男勝りに牛小屋の屋根に上がり、下で手を広げる忠雄に赤く熟した実を投げ渡した柿の木が、牛小屋を覆い尽くすようにまだ蒼い実を付けた枝葉を伸ばしていた。

直ぐに納屋の中から子供を抱きかかえた若い女が出て来た。

「どちらさんですぅ」

若い女は母親らしく、胸をまさぐる子をあやしながら訝しそうに八重を見て訊ねた

「那嘉田さんのうちですよね」

小首を傾げながらたずねる八重に、若い母親は答える事も無く、「どちらさんですぅ」と繰り返し尋ねた。

「忠雄さんは未だ畑ですか」

若い母親は忠雄の名を口にした訪問者を浮かない表情で見たかと思うと、急に踵を返し庭先に八重を残したまま小走りに母屋の中に消えていった。

若い母親の覚束ない足の動きを追いながら、胸に抱いた子の他に彼女のお腹に子が居るのだとその時八重は思った。

ややあって母屋の戸口に現れたのは腰の曲がった小さな体の老婆であった。

白髪を乱した老いた顔が「八重さんかい」と声を震わせ八重の腰に狂おしそうに縋り付いて泣き伏した。

老婆の形相を見て胸に抱かれていた子が火の付いたように泣き声を上げたが、若い母親は顔色一つかえずにじっと八重と老婆を見詰めたままであった。

自分の体に取りすがり異常なまでに泣き崩れる祖母と対照的に無表情の若い母親に、八重はふっと不吉な予感をおぼえた。

何を訊ねても口を閉ざしている若い母親と、啜り泣くばかりの祖母を促して八重は母屋の敷居を跨いだ。十年ぶりに帰り着いた那嘉田の家は夏の季節だと言うのに薄暗く冷え冷えとして肌寒く思えた。

那嘉田家は代々禅宗の檀家で仏壇は質素である。

茶の間の壁におさめられた漆塗りの仏壇の扉を開き、灯明を上げ線香を供え十年の不義理と帰宅の報告の手を合せる八重の目に、真新しい二つの位牌が目に留まった。

振り返った八重の膝元で、背を丸めた小さな祖母の体が小刻みに震えていたが若い母と子の姿は無かった。

陽が落ちた庭先で慌しい声がして八重の前に現れたのは夫の忠雄でも義父の忠勝でもなかった。骨格の大きい浅黒い顔の義弟勝俊と義母トヨであった。

八重は後から現れるだろう夫の姿を早く見たくて二人の背後に目を凝らした、だが来るはずの忠雄は現れなかった。

呆然と振り返った八重の目に、蝋燭の灯に赤く染まった仏壇の真新しい位牌が潤んで見えた。

＊

「あんまりだよぉ」

八重さんの瞼に溢れた泪の粒が焼酎の入った湯飲み茶碗の中にぽたぽたと落ちた。

「あん人は悪い事など金輪際出来ん良い男さぁ、優しい男なんだ」

そう言って八重さんは泪まじりの芋焼酎を喉に流し込んだ。

偉い人の謀り事に加担してまで足抜けをして戻った那嘉田の家に、八重を待っているはずの愛しい夫忠雄の姿は無かったのである。

義母のトヨは十年ぶりに那嘉田家に戻った八重に、夫忠雄と義父忠勝の死に至る経緯を明かし、八重に当てた忠雄の最後の言葉を伝え、忠勝の書置きを彼女に手渡したのだという。

「迎えに行けず、堪忍なぁ」

短いその一言が息を引き取る前に、八重に残した夫忠雄の言葉であった。

忠勝の書置きには、「嫁の体を売って家の身代を守った。そんな身勝手で卑劣なワシの所行を神仏が許す訳がない、ワシは忠雄を殺し勝俊までも失う、愚かな人間だった」としたためてあった。

那嘉田の家の安寧を願って死を覚悟した義父の詫び状の余白に、愛しい夫の無念の言葉を書き記し、今でも肌身離さず身に着けているのだと言って泣く八重さんの唇が狂おしく震えた。

＊

「優しい男は嫌いだよ」

忠雄、忠勝と相次いで亡くし先の見えない悲しみの中にあった那嘉田家の者にとって、勝俊の帰省は正に九死に一生を授けた神仏のご加護であった。

忠勝の信念が勝俊の命を救ったのだと泣きながら夫の仏前に灯明を欠かさない祖父母を見ているトヨには、真冬の天山上宮の祠から奇跡的に救出された夫に懇願され畑に出て二人揃って鍬を打った日、初春の大空に群青の影を正す天山を見上げて「母さんが待っちょる、帰ってこい勝俊」と呟いた忠勝の最期の声が遠雷のように聞こえてくる。

そしてアメリカ軍の魚雷と集中砲火を受け、沈む戦艦から投げ出された勝俊は、海に漂う多くの戦友が力尽き海の底に沈む地獄を見ながら、朦朧とする意識の中で自分の名前を呼ぶ父忠勝の声が聞こえ必死で木片にしがみついたのだと家族に話した。

それから三年が過ぎて、勝俊に嫁を迎えた那嘉田家には二歳になる男の子と二つ目の命が授けられていた。それは先の見えない真っ暗闇の中に点った希望の灯り、那嘉田家に点った奇跡の灯りであった。そんな矢先の那嘉田家への八重の帰郷であった。

八重に詫びる忠勝の意志をトヨは忠実に守ろうとしたし、勝俊も八重を兄嫁としてうやまう事を忘れなかった。そんな家族の好意に甘え八重は休息の日を過ごした。

この春、中学校を卒業して関西の紡績工場に就職したと言う春子が残して行った本や帳面を部屋中に広げ、成長した娘の姿を思い浮かべ、また夫忠雄と暮らした四年足らずの新婚生活に思いをはせて過ごす日は八重の心に安らぎをもたらした。しかしそれは一時の事であった。一人の部屋で愛しい夫と我が子を思う八重の安らぎの時は、徐々に幸せに満ちたりた時を切なく悲しい色に変えていった。それは寄り添う事の出来ない幻の夫を偲んだ遊女八重の心より辛く寂しい心で、むしろ八重は、約束の日を過ぎても現れない夫を恨んで過ごした日に戻りたいとさえ思った。忠雄の死の現実を受け入れられない八重の胸の中に薄寒い無力感ばかりが漂い始めていた。

尽きる事の無い夫との思い出は哀しみばかりを連れて来た。心打ちひしがれて八重が向かうのは忠雄の眠る墓所であった。

（アンタ、また来たよ）

（迎えに行けず、堪忍なぁ）

夫の墓の前で手を合す八重に何時ものように忠雄の声が聞こえた。

やさしい夫の声は八重の無気力な心をいっそう深い悲しみの色に染めた。すると何時もとは違う忠雄の声が聞こえた。

（しおらしか、八重はつまらんばい）

繰り返し聞こえるその声は空の上から聞こえた。見上げると頭上で忠雄が笑っていた。真っ青な大空に湧き上がる雲の中に八重に微笑みかける忠雄の顔があった。

（しおらしか、八重はつまらんばい）それは八重が那嘉田家に嫁に入って暫く経った頃、かしこまる性分の無い八重を「少しは女らしゅうせんね」と義母トヨが咎めた事があって、すっかりしょげてしまった八重に夫の忠雄がかけた励ましの言葉である。

「アンタ、一緒に汗ばかきたかねぇ」

見上げる初夏の空を真っ白な入道雲がゆっくりと西へ流れ忠雄の姿は消えていた。

八重はその翌日から畑に出た。夫忠雄と二人並んで鍬を打った畑に出て彼女は思う存分汗をかきたかった。

「そりゃー助かるばい」

お道化半分の勝俊を横目に鍬をかつぎ、自分はしおらしい女じゃない、男勝りなのだ、と心に言い聞かせて畑に出かけた八重の体は、長い遊女暮らしですっかり萎えていた。

それでも最初のうちは打ち込んだ鍬の刃先で土塊がザクザク砕け、八重は夢中で鍬を振るった。体中から滴る汗が萎《しお》れていた八重の心に湧き水に為って流れ込み、夫の忠雄と肩を並べ胸いっぱい吸い込んだ同じ土の匂いに酔いしれた。

だがそれも一時の事で力強く打ち込んだはずの鍬の刃は土塊に弾かれ、鍬を持つ手が痺れ膝や腰が折れるほど痛みだした。

「そぎゃん、精ぇ出さんでえーぞぉ」

遅れた八重を振り返り勝俊が気遣った。

体の華奢な忠雄は力仕事が苦手で鍬を打つ手を止め休息を取る事が多かった。それは、忠雄を労わり八重がかけた言葉と同じであった。

自分を気遣って呉れる勝俊の声を聴きながら、その大きな背中が忠雄であったならと八重は思ったりもした。

八重は玄界灘の荒海で育った男勝りの女であったが、長い遊女暮らしで筋肉の無くなった彼女の体は悲鳴を上げた。

「内の仕事と違うて、外の仕事はきつかねぇ」

夕刻、畑から戻り庭先で疲れた体を休めている八重に勝俊の妻がねぎらいの言葉を掛け、彼女の胸に抱かれた子が八重の顔を見てキャッキャッと愛嬌を振りまいた。

そんな八重の脳裏に野良仕事から戻る自分を待ち構えて、抱っこをせがんだ同じ年頃の春子の顔が浮かんだ。幼い春子を抱き抱えると慣れない畑仕事の疲れが嘘のように吹っ飛んだものであった。

勝俊の妻の胸に抱かれ、愛嬌を振りまく別れた春子と同じ年頃の男の子に視線を投げながら八重は淋しかった。

盆を迎える前の農家は稲の穂の出た水田への肥料遣りや草取りそれに害虫の駆除が欠かせないし、実りの時期を迎えた麦の刈り取りと忙しい日が続く。勝俊に労わられながら痛む体に鞭打って鎌を持つ八重は、男勝りとは行かない迄もほどほど農作業に耐えるまでに回復をしていった。

そんなある日の事であった。麦の刈り取りを終えた八重は久しぶりに夫の墓に出かけた。

何時ものように墓石を洗い線香を上げて手を合せる八重の耳に人の話し声が聞こえた。農作業の合間の休息中の夫婦の会話らしく、小藪の向こうから風に流れて高く低く波のように八重の耳に入って来た。

――次男坊が生きて戻れて天国で忠勝さんも喜んどるじゃろ、～戻ったと言えば長男の嫁も戻ったみたいだよ～赤線がえりか、猫の手も借りたい時じゃ、大助かりじゃろ～大助かりは良かばって仲がよからしか、次男坊と～内輪のもんは、仲ようせにゃならんじゃろ～夫婦もんのごたるって話だよ～夫婦もんて、次男坊にゃ嫁も子も居るじゃなかかぁ～だからさぁ――

風の向きが変わったらしくそれっきり話声は聞こえなくなった。その時の八重は風が運んだ自分の噂話を気にする事は無かった。

出征前の勝俊は、夫忠雄と一緒に連れ立って野良仕事に出かけた気心の知れた弟であったし、八重にしてみれば今もその時のままの勝俊である。

夫の弟と言っても、年の数から言えば八重より勝俊の方が二歳年上だったので、八重はちょっとばかり気を使って義弟と言うより年上の男として彼に接していた。その事は、夫が亡くなり勝俊が妻子を持った今でも八重の気持ちの中では変わらない事であった。

だから八重はあっけらかんと藪の向こうの話を聞き流した。

八重の勝俊への気遣いが他人の目には別のものに見えている事を彼女は気にする事はな

かったのである。

それから三か月が経ち、稲の刈り取りに忙しい時期、那嘉田の家に客が有った。

客と言うのは、出産のために実家に里帰りをしている勝俊の嫁の父親であった。

舅《しゅうと》の用件の相手は娘婿ではないようで、出かけるために支度中の勝俊と八重を一瞥して、彼は母親のトヨと母屋に入って行った。

夕刻、八重と勝俊が帰宅すると、トヨは明かりも点けず茶の間の仏壇の前でぼんやりと座り込んでいた。勝俊は舅の用件が気掛かりで訊きただそうとしたが、トヨは口を閉ざしたまま答えようとはしなかった。

年中忙しい農家で稲の収穫期程忙しく大切な時は無い。刈り取り、天日干し、そして脱穀作業に明け暮れる勝俊も八重もその事は忘れてしまっていた。

米の収穫作業を終えると、農家にも麦の種蒔き迄の休息の時が訪れる。

トヨが八重を呼んだのは、勝俊が出産月を迎えた妻の実家に出かけて留守の日であった。

茶の間で八重を待っていたトヨは、仏壇に灯明を灯し線香を上げ、八重もトヨの後ろで手を合せた。八重を促して板張りに腰を下ろしたトヨは、仏壇下の引き出しを開けて中から袱紗の包みを取り出し、自分の膝の上に置いて辛そうな顔を八重に向けた。

「忠勝が居たら受け付けん話だと思うばってん、女の私にゃそれができん、許して呉れんね」

そう言ってトヨが八重に切り出した話は、稲の取入れに追われすっかり忘れていた勝俊の義父が突然、那嘉田家を訊ねた件であった。

嫁の父親はトヨの出した茶にも手を付けず、彼女を咎《とが》めたのだと言うのである。

「長男の後家が娘の婿と良い仲だと言う話だが、赤線帰りと聞いたそげん女が那嘉田ん家におるのは如何いうこつか、ワシは何も聞いちょらんが」

破廉恥まがいの言葉を口走る嫁の父親に、トヨは困惑しながらも、勝俊と八重の噂は誤解である事、八重が遊女になった事情を彼女は恥を忍んで話したのだと言った。だが嫁の父親はトヨの話を聞き入れないばかりか、此のままでは娘を那嘉田の家に戻す訳にはいかん、と言い捨てて帰って行ったのだと、トヨは憔悴した顔を八重に向けたのである。

八重は義母の話を聞きながら、忠雄の墓の前で聞えて来た農家の夫婦らしい男女の話を思い出していた。その時、八重が聞き流した戯言であった。

八重は困惑した表情の義母を見ながら、頭の中で自分は何て能天気な女だろうと苦笑した。

忠勝が居たら受け付けない話だ、と言った義母の心の内が何となく八重には分かる様な気がした。トヨはため息の混じる声で「悪う思わんで」と詫びを言ってから、膝の上に持って居た袱紗の包みを八重の前に置き口惜しそうに言った。

「出来る事なら長男の嫁として此の家に残って欲しか、私の側に置いておきたか、でむそれができん」

口惜しそうに言ってトヨは蝋燭の火の消えかかった仏壇の中に目を凝らした。

「戻って呉れたのは嬉しかったよ。那嘉田の家の為に辛い目に合わせたアンタだもの、長男の嫁だもの、誰が疎かに出来るもんかい」

トヨの瞼から零れた泪が、仏壇の蝋燭の火に赤く染まって頬を流れ落ちた。

「辛いんだよ、アンタを見ているのが、他人の目が怖いんだよぉ」

トヨは苦しい胸の内を吐き出すように言って、やり場のない手をもどかしく動かした。

八重は、その時に義母トヨの心の内がはっきりと見えた。武士の血を引く那嘉田の家柄を誇りに生きた亡き夫忠勝の意志を引き継ぐ覚悟を決めた彼女は、那嘉田家の行く末を思い心を鬼にして家族の不和の芽を取り除こうとしているのだ。忠勝に変わり次男の勝俊が家の主に為った那嘉田の家に死んでしまった長男の嫁の居場所など無いのだ。十年もの間、人の心の裏側を見続けて来た八重には、夫の遺志を継ぎ我が家の安寧を第一に願う賢い女の心の内がはっきりと見えていた。

（ふふふ）私って何て能天気な女なんだ、八重は心の中で笑った。

八重はトヨの話を神妙に聞いた、いや口を閉ざした。

世の中には当人に見えない、他人の目にしか見えない景色がある。その景色は面白可笑しく、そして実しやかに人から人へ伝染する、その事を八重は身を持って知って居る女であった。

それでも八重は口惜しかった。恨みの一言でも言って義母の前から立ち去ろうとも思ったがそれは出来なかった。

夫を偲び那嘉田家の者をひたすら信じ、耐えて来た十年の苦渋に満ちた日が、唯の一言で解消される訳など無かったし、一度口から出たその一言は、八重を別の人格に変えて那嘉田家の者への怨みつらみを言い立てるに違いなかった。

別の人格に為った八重は、見境も無く掛け替えのない人までも標的にしかねなかった。如何に心が荒んでも夫の忠雄と娘の春子だけは決して傷つける事があってはならない事であった。だから八重は口を閉ざし能天気のままの女でいようと決めたのだった。


数日が過ぎて東の空がまだ暗い時刻、八重は義母から渡された袱紗の包みを夫忠雄の位牌の前に返し那嘉田の家を出た。

孟宗竹の林の側まで来て振り返って見た那嘉田の家は、物音一つ発てず闇の中に息を潜めている。忠雄のもとに嫁ぎ娘春子と暮らした短い那嘉田家での日々は、唯一比べようの無い八重の心の癒しの場所であった。辛く長い遊女暮らしに耐えたのは夫と幼い我が子の指に誓った離れない家族、一緒の舟に乗る望みが有ったればこその辛抱であった。

那嘉田家、そこは愛しい家族と過ごす終《つい》の棲家であるはずであった。だが、新しい家族の住むその家に八重の家族の乗る筈の舟など既に無くなってしまっていたのである。

「アンタ、何で死んじまったんだい」

忠雄の墓に最後の手を合せながら八重は悪態をついた。だがそれは恨みの言葉などではない、底の知れない悲しみに耐え忍ぶ八重が漏らした切ない夫忠雄への恋慕の叫び声である。

とめどなく頬に流れ落ちる泪が、懐かしい夫の記憶を呼び起こし八重は声をあげて泣いた。

どれだけの時が過ぎただろうか、気が付くと東の空が白々と明け、影を現した天山の山裾に早起き鳥の鳴く声が聞こえた。

鳥の鳴き声に紛れて忠雄の声が聞こえたような気がして見上げた夜明けの空に鰯《いわし》雲が浮かんでいた。

「アンタ怒っちゃ嫌だよぉ、アンタの居ない家なんか真っ平さぁ」

＊

「綺麗事を言っても損得ずくさぁ、そうだろう、アンタだってそう思うだろう」

八重さんは投げ遣りに言って、三杯目の芋焼酎を注いだ湯飲み碗の底に少しに残っている煮砂糖を小指の先でかき回した。

「女は算段じょうず、男は算段べた、優しい男はもっとへたくそ、だからアタシャ優しい男は好かん、大嫌いだよ、死んじまっちゃお終いさぁ、そうだろうアンタ」

切りの無い怒りをならべたて湯飲み茶わんを掴んだ八重さんの手の甲に泪の粒が又一つ落ちた。

長い歳月を重ねても断ち切る事の出来ない情念を酒に紛らわす八重さんを私はじっと見守るしかなかった。癒しの言葉を掛ける勇気もなく、過去をさまよう八重さんをじっと見て居る事しかできないその時の私は、八重さんの言う算段べたの男であった。

＊

鰯雲は大漁の導きであった。

朝起きの早いじいちゃんは八重が床を出る頃は、もう出船の準備を済ませ鰯雲を眺めながら一服付けている時刻である。

両親を知らない八重は玄界灘の小さな島で、じいちゃんの船に乗って育った漁師の娘であった。この道五十年のじいちゃんの勘は良く当たった。

「八重、今日は大漁だぞぉ」

夫忠雄の墓に別れを告げ、白々と明ける大空に浮かぶ鰯雲を見上げた八重を、玄界灘に浮かぶ小島の入り江で出船の準備を済ませたじいちゃんが呼んでいた。

ほんの僅かな時の流れは、希望と至福に充ち溢れた里の景色を失望と哀しみばかりの沈黙の色に変えていた。

天山から下りる秋の風が静寂の台地を音もなく渡り、山間の川だけが微かな水音をたてて八重をいざないながら海に向かって流れて行く。細く長く蛇のように続く土手の路を海に向かって歩き始めた八重の目指す玄界灘の小島までの遠い道程には、山越えの細道と限り無い悪路が待っているはずである。だが八重はひるむ事はない。昼を過ぎた時刻、八重は意外と疲労感も少なく十年間過ごした遊郭の有る港町に辿り着いた。

海と一体の河口沿いの道を、浜に向かって歩いて行く八重の眼に小料理と書いた提灯が見えた。早い朝立ちで、空腹を覚えた八重は半間引き戸に掛かった暖簾をくぐった。

昼の時刻を過ぎていた事もあって店の中に客の姿はなかった。四、五人の客でいっぱいに成りそうな狭い店内に、白い割烹着の八重と同年代の女がカウンター越しに立っていて手持ち無沙汰のようであった。

八重は女将と向かい合う様にカウンターの椅子に腰をおろした。

「何をお造りしましょう」

「美味しい物、見繕って」

昼の時間を過ぎていたし、ちっぽけな店で大した料理も無いだろうと思った八重は、取りあえず腹の足しになればよかったのだ。

そんな八重の手元に女将が用意したのは、「あらかぶ（カサゴ）」の煮つけの昼膳であった。

醤油で甘辛く煮込んだ「あらかぶ」で、一杯やるじいちゃんの恵比須顔が浮かび八重は女将の方に指を一本立てていた。

「アタシのじいちゃん、『あらかぶ』の煮つけの時は必ず指を一本立てたんだ」

八重は女将に聞かれもしないのに言い訳を言ってから「あらかぶ」の腹身を解《ほぐ》し口に入れた。

「ご用はもうお済みに為られたの」

「此れから」

「あら」

女将が目を丸くしたので八重はまた言い訳を言った。

「用って言っても今日明日の急用じゃないけぇ」

訳ありの客だなと思ったようで女将は、それ以上八重に話しかけなくなった。

開けっ放しの入り口に掛かった暖簾が揺れてザルを小脇に抱えて店に入って来た男が女将に向かって甲高い声を上げげた。

「立派なカタクチイワシが手に入ったぞ」

「そりゃあよかったねぇアンタ、最高の祝いだよ」

「県会議員様にカタクチイワシで良いのか」

「だって彼、鯛や鰤《ぶり》の刺身より銀腹のカタクチイワシだもの」

八重は、女将と亭主の話を聞きながら、お大尽の運転手の選挙は如何だったのかな、と思った。だが、直ぐに如何でも良い事だと思い直して手にしたお猪口の酒に、下働きの娘の泪の顔が浮かび八重の胸がちくりと痛んだ。

「お客さん、波戸岬《はとみさき》で釣った『あらかぶ』旨かでしょ」

亭主は八重の膳を覗き見して店の奥に引き込んでいった。波戸岬と言った亭主の声が八重の耳に心地よく響いた。八重の古里は玄界灘の海上に浮かぶ小島で店主の言った波戸岬は紛れもなくじいちゃんと八重の漁場であったからである。

「クラマ島知っとるかね」

八重はカウンターの向こうの女将に唐突に訊ねた。

「ええ、小さな島ですよ」

「そう、小さな島、アタシの島ぁ、知っとんしゃったかね、女将さん」

小娘のような歓喜の声を上げた八重を女将は唖然と見遣った。そんな女将にはお構いなしに八重は夢中で喋った。

自分の古里を知っている人に出会った事は八重の頭の中では奇跡に近い事であった。十年過した遊郭の女達も客も誰一人知らなかったし、嫁いだ家の夫さえ知らなかった自分の島を知っていると言う店の女将が八重には他人には思えなかったのである。

「へぇアタシの島知っとんしゃるんだ。嬉しいなぁ、アタシねぇ十八までクラマ島でじいちゃんと魚取ってたんよ。『あらかぶ』、『めばる』、『くろいお（めじな）』、それに『アワビ』、『ガゼ（ウニ）』、『しゃじゃ（さざえ）』……懐かしかぁ」

突然人が変わったようにしゃべりだした八重に、店の女将は狐憑きでも見るように見開いた目を向けた。

醤油の辛みがほどよくしみた「あらかぶ」の煮つけとお銚子一本の酒が八重の体中に懐かしい古里の匂いを充満させ、微睡《まどろ》む彼女の瞼の内に焼玉エンジンの音を響かせて玄界灘の波を切って進むじいちゃんの船が見えていた。

「いらっしゃぁい、朝からお待ちかねだよぉ」

八重は知らぬ間にカウンターに俯せ眠ったようで女将の弾む声に渋い目を開いた。

「あんたぁ、県会議員さんご来店だよぉ」

女将が奥の方に声をかけ亭主が転がり出て来て来客の男に抱き着いた。

「おおう、先生、当選おめでとう」

「先生は止めてくれよ」

大はしゃぎする店の夫婦に、客の男は照れ臭そうな顔をカウンターの八重の方にちらりと向け、店主に肩を抱かれて奥に入って行った。

客の男は気が付いていないようであったが、八重はその男が遊郭の下働きの娘と恋仲であったお大尽の運転手だと一目で分かった。

　すると、冷え冷えとした薄暗い群雲が八重の体を覆い尽くした。その群雲の中にお大尽と遊郭の女将の高笑いする顔が見えたかと思うと、その二人に寄り添っているしたり顔の赤い格子縞の遊女の姿が現れた。八重は突然身震いを起こして椅子を蹴って立ち上がると、懐の小銭をカウンターに投げ置き、呆気にとられ声も出せない店の女将を尻目に店の外に走り出た。

　八重はじいちゃんと暮らした懐かしい島の暮らしを汚す者から咄嗟に逃げたのだ。焼玉エンジンの音を玄界灘の海に轟かせて進むじいちゃんの船には、娘の頃の純なままの自分だけを乗せてあげたかった。それで八重は必死で遊女の自分から逃げたのだった。

　八重は、川の河口から別れた小川に沿って傾きかけたお天道様を道標に西へ西へと歩いた。

　なだらかに続く野辺の路を一時間ほど歩くと曲りくねった急こう配の山の道に差し掛かった。

　足元の定まらない岩と赤土の悪路は男勝りの脚にも過酷なもので、八重は額から滴り落ちる汗を拭き何度も立ち止まり天を仰いだ。その八重の傍らを、体中から湯気を立てて荷駄を引く牛が角を怒らせ鼻から蒸気を噴き出して上がっていった。夕暮れを告げる赤い光が木々の葉を染め始め、八重もつづら折れの坂道を黙々と上がって行った。

　青く冴える秋の月が東の空に昇る時刻、険しい山の坂道を登り終えるとその先は嘘のように平坦な道であった。八重の目指す古里は、松浦半島の台地から三キロ足らず離れた海に浮かぶ小島である。

目の前に広がる台地は、高い峰など無く平坦で玄界灘の海に向かって平伏すように延びる大らかな緑地である。

その緑の台地に八重の行く手を遮る物は何も無い。望郷の道程を誘う慈愛に満ちたりた潮の香ただよう大地である。無事に難所を越えた安堵感が疲労を助長したようで八重は急に睡魔に襲われ道路側の田圃に積み上げられた藁塚の狭間に体を潜らせて眠った。

「なんじゃ、生きとるじゃなかね」

甲高い声が入り乱れ、渋い瞼を開けると大勢の女達が八重の周りを取り囲むように立っていた。

色浅黒い顔の異様な女達をぼんやりと見上げた八重を見下して、年長らしい女がにっこりと微笑んだ。

「豆鉄砲を食らった土鳩みたいな面しおって行き倒れぇかぁ思うたぞぉ、心配さすっとじゃなかよぉ」

その声を合図に女達はけたたましい声で笑い合って、藁塚にもぐった八重の体を引きずり上げると寄ってたかって着物に付いた藁屑を叩き落とした。

道連れに為った顔の色も体格も八重より数段黒くて屈強な女達は、力自慢の海の女達で漁師の夫の手助けの傍ら、近在の祭りや催し会場に出かけて相撲を取る女相撲の一行であった。

女達は九月の月末に行われる野畑村《のばたむら》の住吉神社秋の祭礼で女相撲を披露するのだといった。

十八の娘に為るまで、小島からあまり出る事の無かった八重の記憶の中に、幼い頃祖父の手に引かれて住吉神社のお祭りを見た記憶が残っている。

住吉神社の秋の祭礼は天下泰平と五穀豊穣を願う収穫祭で、七百年以上続いていると言う祭礼を村人は「御幸《みゆき》」と呼び、東西二基の曳山を奉納し、近在の集落も参加して盛大に取り行う。祭りの人出を当て込んだ旅回りの芸人達も沢山遣って来て、その中に相撲を披露する女達も居た。幼い頃見た亀の甲羅に跨がる浦島太郎や、金の鱗を光り輝かせる鳳凰丸の勇壮な曳山と共に華やかな祭りの風景を八重は今も鮮明に覚えている。八重は女相撲の一行に交じり故郷の小島を目指した。

緩やかな上り下りの続く野辺の道は意外と体力を消耗させ、街道そばの農家に立ち寄り井戸水や蒸かし芋の御代替わりに二、三番相撲を披露した。八重も女達にけしかけられて一番弱そうな女に組み付いたが軽く放り投げられる始末であった。

休息を取りながらの道行きは、時を刻むのも早いようで目指す野畑村に辿り着いたのは夕刻近くであった。

祭りの主催者との打ち合わせがあると言う女相撲の一行と別れた八重は、一晩ゆっくりと体を休め幼い頃の記憶に残る住吉神社の山笠を見てから島に帰ろうと思った。

村を過ぎれば松浦半島の荒磯である。八重の目指す小島は、その荒磯の目と鼻の先の海に浮かんでいる。

日の落ちる前に寝場所を探さねばと思った。今朝は運良くと言うか幸いにも気の良い女相撲の一行であったが下手をすると汚らわしい者に遭遇する危険性もあるので、八重はより安全な寝場所を探す必要があった。

しかし、農家ばかりの田舎の村に宿などはないだろうし、訳を話して農家の納屋にでも泊めて貰おうとも思ったがそれも気が引けた。方々歩き回った末、安住のねぐらを探すことができず、仕方なく藁塚の方に歩きかけた八重の目に古めかしい小さな建物が目についた。

近くによると建物の前に二体の牛《ウシ》の石物が置かれていて、何故か一体は尻を向けていた。

八重は天神様かな！と思った。

開き戸の隙間から中を覗くと三畳ほどの土間の奥からは赤い前だれをつけた石仏がすずしい眼差しを八重に向けて

いた。彼女は迷うことなくお堂の中に入り石仏に両手を合わせて壁ぎわに置かれた莚《むしろ》を広げ土間に転がって体を目いっぱい伸ばした。

横に為ると八重は直ぐに深い眠りについた。どれほど時が過ぎたのだろうか、寝息を立てる八重の瞼が開いた。それは彼女の意志とは無関係に開いた。彼女の意志ではなく開かれた眼は土間の莚に横たわる自分の枕辺に寄り添っている女を瞬きもせずに見ていた。

音も光も無い空間に女の体だけが灯明に照らされたように浮かび、その女の細い手が横たわったままの八重の手に伸び唇が微かに動いた。だがその声は八重の耳にはとどかない。

八重の体は不可思議な圧力を受け手足はおろか唇も微動だに出来なかった。唯、彼女の眼だけは暗がりの中に見える女をまばたきもせず見ていた。

お堂の壁を揺らす煙火花火の音で八重は目が覚めた。既に開き戸の隙間から朝の陽がさし込んでいて、赤い前だれを付けた石仏が麗しい顔を八重に向けていた。

そして昨夜、八重の枕辺に現れた女は煙火花火の音と共に彼女の記憶から消えていた。

八重は熟睡していて気が付かなかったようである。目覚めた八重の目にしたお堂内は昨日の景色と少し違っていた。祭壇に蝋燭の灯りが点され、白磁のお皿に山盛りの白いご飯が供えられていた。それればかりではない、起き上がった八重の側にも竹の皮に乗せたお握り一個と一切れの沢庵漬が置いてあった。

仏様へのお供えに農家の者がお堂に入った事を爆睡状態の八重は気が付かなかったよう

である。

祭壇の石仏は観音様で信仰の為ばかりでなく村人の寄り合い場所でもあった。観音堂は、宿の無い行きずりの者やゴゼさん（この地域では民家の軒下で唄や踊りを披露してコメや銭を貰い生活している者）達が寝泊まりする事が多かったので村の者達は観音様のお恵みとして報われない人に施しをしていたのである。八重も報われない行きずりの者であった。

村人の心尽くしのお握りを有難く頂き、観音様に手を合せて八重は観音堂の外に出た。

大空に煙火花火が弾け、優雅な笛の音が潮の香りを乗せ仲秋の野辺を流れていた。

＊

「アンタ、クラマ島知っとるかね」

「ええ、知っていますよ」

「なんだってぇ〜ほんなこてぇ〜（本当に）」

八重さんは迸るような声を上げた。だが、

「アンタ、良い人だねぇ、アタシを喜ばそうってんだろう」

八重さんは直ぐに眉間の深い皺を私に向けた。

「東京の若旦那が、地図にものっちょらん島ば知っちょる訳なかろうがネ」

「嘘じゃないですよ、妻から教えてもらいました」

「ああ、そうだったかい」

投げ遣りな言葉を口にしていた八重さんの目が訝しそうに宙に舞って、

「そういやこっちの人だったね、アンタの奥さん」

酒で飛んでしまっていた記憶を取り戻した八重さんが繁々と私の顔を見た。

「ええ、そうですよ」

私は大げさな表情を繕って愛想笑いを返した。人の裏側を見て来た八重さんの皺だらけの白い顔が私の心の中を覗き見しているような気がした。

＊

祭りを当て込んだ芸人や商人と思われる者達が足早に通り過ぎていく野辺の道を、そよ風に運ばれてくる笛や太鼓の音に浮かされて、娘の頃覚えた流行歌を口ずさみながら八重はのんびりと祭り会場に向かって歩いた。

道端の農家の庭先で、若い農婦と天秤棒を肩から降ろした行商人らしい女が立ち話をしていた。その大人二人の側で赤い花柄の着物を着た三歳ぐらいの女の子がべそを掻きながら地団太を踏んでいるのが目に入った。女の子は、多分夕べの内から母親と祭り見物の約束をしていたに違いなくて、出かけようとした処に行商人が遣って来て母親と長話に為って居るようで、女の子は待ちくたびれて駄々を捏ねているようであった。足を止め農家の庭先の様子を眺めている八重の脳裏に、同じ年頃の我が子春子の姿が浮かんだ。何時もの時間より遅れて畑から戻った八重を待ちくたびれて泣いて母親を咎めた春子が見知らぬ農家の庭先に立っていた。

べそを掻き地団太を踏んでいた女の子が、母親に手を引かれ飛び跳ねながら側を通り過ぎていった後も、八重の眼には農家の庭先に女の子が独り残されたままであった。

那嘉田家に戻った八重は衣類や本、帳面、手提げ袋の中に春子の痕跡をうかがう事は出来た。だが十五歳の娘に成長した我が子の姿を見る事は出来なかった。

だから、中学校を卒業して関西の紡績工場に就職した春子の姿は八重には見えない。彼女の脳裏に浮かぶ春子は十数年の時が流れた今も幼いままであった。

那嘉田家から出る事に何の迷いも無かったと言えば嘘である。義母トヨに促されるまでもなく夫忠雄の居ない那嘉田家に自分の居る場所など無かった。それでも那嘉田家に止まって居たいと八重は思って居た。

遊女に売られる前日の夜、八重は夫の忠雄と幼い春子の指を握り締めて、どんなことがあっても離れない、必ず帰って一緒の舟に乗る家族の約束をした。

三つ四つの幼子に心の約束など理解できる訳などない事で、何年待っても戻らない母を幼い春子は、母親に捨てられたのだと思ったに違いない。其れだけでは終わらない、那嘉田家を出る事に為れば彼女は幼い我が子に誓った約束を自ら破る事になる。八重は母親としてそれだけは避けたかった。

だが家を第一に思う義母は、彼女が那嘉田の家に止まる事を許さなかった。八重は二度我が子を捨てる事に為ってしまったのである。

農家の庭先に、捨てた我が子の面影を残したままトボトボと歩く八重に声を掛ける者がいた。両の篭一杯に魚を入れた天秤棒を肩にかけた五十過ぎの女で、さっき農家の庭先で幼い女の子の母親と長話をしていた行商の魚売りのようであった。

彼女は足取りの定まらない八重をみて祭りを当て込んで流れて来た腹をすかした浮浪者と思ったようであった。

彼女は八重を路肩に引き寄せて腰に縛り付けた風呂敷包みから握り飯を一つ取り出して八重の鼻先に差し出した。

「腹減っちょるんじゃろ、食わんね」

突然の事で八重は女の行いが理解できなくて、しどろもどろに口を利いてしまった。それで魚売りの女は余計心配に為ったみたいである。

「遠慮せんでよか、早よ食え」

様子の可笑しい自分を案じた親切な女の善意に気が付いた八重は、有難いような惨めなような複雑な気持ちで、女を眺め返して言い訳を言った。

「腹は減っとらんと、ちょっと考え事ばしちょっただけなんよ」

お握りを持った魚売りの手をそっと押し返した八重の目に篭の魚が目についた。藁をかけた葛篭にアジやサバの青魚の他にクジラ肉や「あらかぶ」、「めばる」など色物の魚がきちんと区分けして納められていた。八重は握り飯を断った手を魚の篭に伸ばした。

「商売物に手ぇ付けんじゃないよ」

他人の難儀を見過ごす事の出来ない人の良い女でも商売品は別物のようで魚売りは篭に伸ばした八重の手を荒々しく払い除けた。

「『あらかぶ』の目、未だ生きちょるね」

手を引き込めても八重の目は青魚に比べ生きの良い「あらかぶ」を覗き込んだままであった。

「何ねぇ、アンタ浜んもんか」

「ああ、昔」

「何処の浜じゃ」

女は話好きのようであったので、八重は話が長引くと折角の生きの良い「あらかぶ」が弱ってしまうのが心配に為ったので魚売りを急かせた。

「早よせんと、客が待っちょろうでぇ」

「そうだ、こうしちゃおれん」

八重に窘《たしな》められた魚売りの女は天秤棒をひょいと肩にかつぎあげさっさと歩き出した。

二十年以上も魚の行商しているのだと五十女は自慢そうに肩の天秤棒をしならせながら話した。

彼女は魚を売り歩くと言うより、農家の庭先で主婦と世間話ばかりして回った。それでいて、天秤棒がしなる程の魚篭は昼時を待たずに空《から》になってしまった。たまげ顔の八重を尻目に魚売りは空篭を担ぎ、すまし顔で歩く女の肩で天秤棒がギシギシと唸った。長い年月を掛けて農家との間に培われた目に見えない信用が彼女の担いだ空篭の中には山のように詰められているようであった。

「アンタ、何処の浜のもんじゃ」

道端の土手に腰を下ろして握り飯をほうばりながら、魚売りの女は断ち切れていた話を切り出した。

「浜は浜ばって、島、小さな……」

八重は「あらかぶ」の目が弱って売れ残りはせぬかと心配で魚売りの後を勝手に着いて回ったのだが、その心配は取り越し苦労であった。「あらかぶ」の目と古里が一つに為って八重の頭の中に存在していたので、その心配事が無くなり魚売りの長話に付き合っても良いかなと彼女は思った。

「小さな島ねぇ」

魚売りの女は暫く空を見上げた後で謎解きでもする様に八重の顔を覗き込んで、「クラマ島」と言った。

「図星だね」

難なく言い当てられて八重は一瞬驚きかけたが、考えてみたらクラマ島は野畑村の目と鼻の先の玄界灘に浮かんでいる島で、地元の女が知っているのは当然の事で驚く事ではないと半分開いた口を噤んだ。

十数年ぶりの里帰りの途中だと言う八重に、彼女は自分の自慢話を上手に添えながら、島に関わる話を面白可笑しく語り始めた。

大方の話は島内の噂に彼女流の当て推量を付け加えた人情噺で八重は適当にあしらいつつ聞き流した。

「島では真夏に祭りを遣るんだ。八坂神社の祇園、知っとるじゃろ」

「ああ、知っとるよ」

十八歳まで島で暮らした八重は、海の安全を祈願する八坂神社の祇園祭りは知っているし、若者達が島中の家を訪問して酔い潰れるまで酒を飲む事で有名な祭りだという事も知っている。だが彼女は実際の祭りを肌身で見覚えて居る訳ではなかった。

祖父が漁に出ない日は海が時化て船が出せない時以外、盆の十六日と正月三が日だけで、物心がついた頃から何時も祖父と一緒に船に乗っていた八重は島の祇園祭りに出かけた記憶がなかったのでさりげなく答えるしかなかった。

魚売りの女は祭りが大好きと言う漁師の話を始めた。

三度の飯より祭りが好きな漁師は家業の漁をそっちのけで島の「祇園さん」だけでは飽

き足らずに祭りの季節に為ると近在の村祭りに出かけて行ったのだと言った。

彼の漁は網や竿などは一切使わず、定めた漁場に着くと日がな一日船べりから糸を垂らし、指一本で狙った魚を吊り上げる沖釣りで、彼の釣った「くろいお」は浜で評判が良く高く買い取られた。子が居なくて夫の釣って来た「くろいお」の顔を見る事だけが楽しみな漁師の女房は、祭りの時期に為ると歯痒い思いをしていたらしいと、魚売りの女は皮肉たっぷりに話した。

祭囃子が風に乗って一際高く聞こえて、彼女が突然甲高い声を上げた。

「あっ、そうだ。住吉神社の『クンチ』だよ」

三十年も前の嘘のような本当の話だと言って、魚売りの女が話し出したのは住吉神社の祭りに出かけて行った祭り好きの島の漁師が幼い娘を拾って帰ったと言う話であった。

犬や猫の子じゃあるまいしと、彼女はぺろりなめた指で眉を撫ぜて見せた。

島の者は誰も漁師の話を信用せず、祭りの人混みで迷った子を連れ帰ったのではないかとか、かどわかしを遣らかしたのだと騒ぎ立てる者も居たが、何時まで経ってもかどわかしや行方不明情報は出なかったので、島民はその話を何時の間にか忘れてしまったのだと魚売りの女は残念そうな顔をした。

彼女の話を聞きながら八重は妙に落ち着きのない自分に気が付いた。

幼い頃両親を亡くして、祖父母と暮らすようになった八重は、両親の顔も覚えていなかったし、一緒に暮らした記憶も全くなかった。

彼女の記憶は、クラマ島で祖父母と一緒に暮らし始めてからの事だけであった。そして、じいちゃんの手を握り締めて見た住吉神社の山笠だけを、何故か八重ははっきりと覚えていた。

「それで、その話はお終いかい」

八重は話を打ち切りにして腰を上げた魚売りの女に訊ねた。

「ああ、拾った子はよく育つっていうだろ。元気に育った娘は島の外に嫁に行って幸せに暮らしちょるらしかぁ。漁師夫婦の葬式にも顔も見せんでいい気なもんたい」

思わせぶりな言いようをして女はあきれた顔を八重に向けた後で、

「アタシの勝手な推量ばって、子の無い女房の為に亭主はヤバイ事遣ったネ」とうそぶいて見せた。

噂話に尾ひれを付けた魚売りの女の話に登場した漁師が、八重は益々祖父のように思えた。慌ててそんな事はないと打ち消しながら、八重は次第に心穏やかでは無くなっていった。

祭り好きの漁師が祖父だとすれば、漁師が拾って来たと言う幼い女の子は当然八重自身なのである。だが八重のじいちゃんは祭り嫌いで島の祭りの日も海に出た。お陰で八重は島の「酔いどれ祇園」を見たことが無いのだ。

それにじいちゃんが狙っていたのは「くろいお」ばかりじゃなくて「あらかぶ」や「めばる」も釣ったし、正月が近づくと鯛や指が引っ切られそうな大物の鱸《すずき》を何本も吊り上げた。だから魚売りの女の話の中の漁師と自分の祖父は別の人間だと思った。それに此れから会いに行くじいちゃんが死んだなどと言う話は縁起でもない事で信じたくもなかった。

それよりも何よりも、幼くして両親を亡くした自分を男勝りの丈夫な体に育て上げて呉れたじいちゃんが八重は大好きであった。

祖父母の家には仏壇もないし、両親の位牌らしきものも無かった。それで八重は実は自分はじいちゃんとばあちゃんの子供で、歳を取ってからできた子だからバツが悪くて孫だと言い張っているのだと思った事も有る。

父親みたいなじいちゃんが、人を騙したりするような人間ではない事は八重自身が誰よりも良く分かっている事であった。

だが八重の心に僅かだが不安は残ったままであった。じいちゃんはお盆の最中も何時ものように八重を連れて海に出て魚を釣った。それなのに祭り嫌いの筈のじいちゃんと一緒に見た住吉神社の山笠がどんな出来事よりも鮮明に八重の記憶に残っていたからである。そうした不安は自分が祖父母の孫娘ではなく、拾われた他人の娘ならばあり得る事のようにも思えた。

魚売りの女と別れた八重は住吉神社の秋祭りの会場に向かって歩いた。

秋の空高く聳え立つ山笠を見て心の靄《もや》を払拭しようと八重は思った。

道の途中で八重は、ふっと人の気配を感じて何度か立ち止まった。別れた魚売りの女が戻って来たのかと振り返ってみたがそうではなかった。気の迷いだと言い聞かせ八重は急ぎ足で祭り会場に向かって歩いた。

秋の空が茜色に染まり、動き出した人の波に引かれ、勇壮に揺れ動く鳳凰丸と亀の甲羅に跨り竜宮城の乙姫様に別れを告げる浦島太郎の艶姿は、幼い日に祖父の手に引かれ見上げた山笠に間違いがなかった。

魚売りの女の話は彼女の作り話で、じいちゃんと自分には何の関りの無い事だと八重は秋空に輝き立つ懐かしい二基の山笠を眩しく見上げた。

「えんやーえんやー」

「えんやーえんやー」

突然、祭り場中の者達が声を上げ山笠が激しく動いた。

手綱に群がる引手の歓喜の声に山笠が崩れんばかりに揺れ、山車の上の若衆が鐘や太鼓を割れんばかりに打ち鳴らし、優雅な音色を奏でていた横笛が耳をつんざく悲鳴に変わった。

祭り場の人々が荒波のように飛沫を上げ濁流に変わった。

濁流から逃れようとした八重の周りから不意に音が消え、目を凝らして見える祭り場の景色がセピア色に染まった。そして八重の眼にそのセピア色の濁流の中に立っている幼い女の子が見えた。

女の子は、祭り場から引き出される山車にむかって流れだした人の渦に巻き込まれないように祖父の手の指をしっかり握っていた。それは祖父に連れられて山笠見物に出かけた幼い八重の記憶に残る景色のようであった。

人も山笠も秋の大空までも色あせたセピア色の景色の中で、幼い八重はその時はぐれまいと小さな掌で潮に焼けた骨太なじいちゃんの指をしっかり握っていた。

だが違うような気がした。八重の掌に残る感触は骨太の指ではなく、細くて柔らかい指のように思えた。しかもその指は冷たく弱弱しい指でしっかりと握り絞めた幼い八重の小さな掌から蛇のようにするりと抜けた。抜けた指を追いかけようとした幼い八重の行く手を誰かがはばんだ。そして、浅黒い大きな手が幼い八重の体を捕まえた。

色あせたセピア色の中に映し出た幼い自分の姿と、祭り場の景色に身をすくめ立ち尽くす八重の耳の奥で叫び声が聞こえた。

（やえもいくぅ、かあちゃんといくぅ）

八重の叫び声とともにセピア色の景色が消えた。見開いた八重の目に何事も無かったように人の波が動き、優雅な祭囃子を奏でながら茜の空に煌めく二基の山笠が覚醒した姿を現していた。

八重の心に消える事のない優しいじいちゃんとの懐かしいばかりであるはずの景色、仲秋の空に金色に輝くその山笠は幼い八重の記憶を惑わす虚構の隠れ蓑であった。

三章　糸

「アンタ、生まれてきた事を悔やんだ事があるかい」

八重さんは思い詰めた顔と言うより、寧ろ達観したような柔和な目を私に向けた。

「いえ、平凡ですが結構幸せな人生なんで」

「平凡ねぇ、それが一番さぁ」

八重さんは心からそう思ったようで、平凡な暮らしをそらんじるように穏やかな目を宙に泳がせた。

「此れから幾らでも、お母さんは未だ若いんだし」

「東京の人は優しいねぇ、ここいらのもんは店に入るなり、生きちょるかウワバミ婆ぁだよ」

「ごめんなさい。僕は馴染みの店の女将さんをお母さんと呼ぶ癖が有ってね、ついうっかり」

私は慌てて言い訳を言ったが、ついうっかり口が滑った訳ではない。八重さんの心に淀んでいる苦しみを少しでも和らげたいと思う心が言わせた真《まこと》である。

「馴染みでもない飯屋の婆さんなのにねぇ」

八重さんは、あだっぽい表情を繕った。

「もう十分馴染んでいますよ、お母さん」

「あらそうかい」

八重さんは嬉しそうに口元に掌を当てがって「うふふふっ」と笑った。

その笑い顔が上辺だけの笑いではなくて、心底から笑って呉れていれば良いのにと私は思わずには居られなかった。

八重さんには哀しみばかりの人生など振り返らないで欲しい、過去の苦しみの分以上の幸せな暮らしを取り戻して貰いたいと私は心から願った。

＊

幼い女の子は、島の祖父母の孫娘でも漁師に拾われた子でもなかった。祭りの人混みに紛れた母親の手から、力ずくで引き離され、さらわれた子であった。

祭囃子が止み、人通りの消えた夕闇の中を八重は背を丸めそろそろと歩いた。盲者のようにに辿り着く当てのない道を奈落に向かってそろそろと歩いた。

終の棲家である筈の那嘉田家を出て八重が向かったのは玄界灘に浮かぶ小島、優しい祖父母と暮らした古里のクラマ島であった。

古里に戻ってじいちゃん自慢の焼玉エンジンの船に乗って腹にいっぱい潮風を呑み込んで、過ぎた苦労などあっけらかんと忘れて思う存分「あらかぶ」や「くろいお」を釣りたかった。漁師家業に精出して、年老いた祖父母を喜ばせようと心に決めた八重のささやかな願いは、住吉神社の祭囃子の音と共に奈落に落ちて行った。

奈落に向かって歩く八重の胸中には悲しみや怨みなどの感情は失せてしまっていた。まして物事を思慮する冷静な心など有り様もない事であった。

そろそろと魂の抜け殻のように歩く八重の体にそっと寄り添うものがあった。そのものは目に見えない気配だけのもので、足元の覚束ない八重の後になり先になって、闇夜の道を定められた場所へ誘った。

気が付くと八重は小高い丘の上に居た。

月影の無い夜空に輝く星々が扇状に広がる海原を映し出し、真っ新な鏡面の海に小さな島が浮かんでいるのが見えた。

その島は八重の立っている足元から幾らも離れて居ない海の中にポツンと存在していて、実際には三キロほど離れた海上にある筈のその島は女の足でも一飛びに飛び渡れそうなほどの至近距離に見えていた。

感情を忘れた筈の八重の目が、その小さな島をじっと見詰めた。やがてその島は雨に打たれるガラスの窓の景色のようにとろけ流れ落ちた。

八重の瞼から流れ落ちた泪は、からっぽの彼女の心に落ちて空虚な音を立てた。それは幼い八重がじいちゃんを呼ぶ声であった。

その空虚な音が八重の心の中でゆらゆらと彷徨いながら現実の彼女の心の色をゆっくりと映し出していった。

八重は眼下の小島を見詰め続けた。

夫の忠雄と死別し婚家を出され失意の内に八重が向かったのは、彼女の人生の中で最も満ち足りた青春の地、懐かしい古里の小島であった。瞼に潤む玄界灘の小島を八重は瞬きもせずに見詰めていた。

だがその島はもはや彼女の古里ではないのだ。幼い自分をさらった人さらいの住む汚らわしい島なのだ。悪の本性を隠し幼い子供を騙し続けた人でなしの島、自分をさらった憎い男を肉親と信じて今日まで生きて来た能天気な女の偽の古里なのだ。

八重の心の中に蘇った事実がある、それは自分がさらわれた子だと言う覆しようのないおどろおどろしい真実である。

同時に捨て去りがたい事実がある。それは身を持って知った無償の愛、それは偽りの肉親の愛だと分かってもなお、優しいじいちゃんと暮らした日々である。

異なる二つの思いがうごめく中、八重の眼は星明かりの海に浮かぶ小島を悄然と見詰め続けた。

突然八重は走った。物の怪のように地に這い加速し大地を蹴った。小島を目がけ体中のすべての力を振り絞って八重は大地を蹴った。と、同時に大地を蹴り宙に飛ぶものが居た。そのものは八重に寄り添い海峡を超え、小島上空に舞い上がった。

真っ新な鏡面の海に大空の星々が降り注ぎ、ダイヤモンドの光を放つ空と海の真つ只中に八重は鳥の翼のように両の手を広げ飛んだ。大空に飛んだ八重に寄り添うものは目には見えない気配だけのもので、唯細く柔らかい指を八重の手に絡め誘いながらに小島の上空を旋回した。その細くやわらかな指をしっかりと掌に握り、懐かしい古里の空を飛び続けた八重は気配だけのものに導かれやがて古里の小島に舞い降りて行った。古里の島に舞い降りた彼女は心地よい疲れを覚え古木の幹に絡む葛に体を持たせ深い眠りについた。

木々の葉陰に金色の朝の光が差し込み、冷たい潮風が頬を叩いても八重は眠り続けた。

そんな彼女に近づく者が居た。海に落ちる急な傾斜地に茂る木の枝を二の腕で払いのけ、枯葉を踏み乱し八重に近づいたのは白いザンバラ髪の大男であった。

古木に絡む葛に掛かった八重を見上げ、大男は荒い息を吐いた。

眼光鋭く辺りを見回した大男は浅黒い両の腕を伸ばし、うべの蔓にかかった八重の体を己の胸元に抱き下ろすと、獲物をとらえた野獣のように鋭く目を見開き八重の五体を喰い入るように見まわした。

祖父母の島に辿り着き安らかな眠りの中にあった八重は、突然安息の時を奪われ、我が身を喰いつくす様な男の異様な形相に身を竦めた。

白いザンバラ髪の奥で、異様に見開いた目が恐れ戦《おのの》く八重の顔をぎょろりっと見下しにんまりと笑った。

大男に抱きすくめられ、恐ろしさに震えながら八重は掌の気配だけのもの細くやわらかな指をすがるように握りしめていた。

八重の体を確保した大男は、鬼の形相に変わり唸り声を上げて傾斜地に枝を絡め合う樹木を両の肩で押しのけて、八重の体を丘に運び上げた。

運び上げた八重の体を枯草の上に下ろすと、彼は一転鬼のような形相を和らげてぼそりと呟いた。

「生きちょったか」

安らかな眠りを突然奪われた八重は、大男に危害を加えられる事を恐れたのだが、男にその気がないようだと分かってひとまずホッと胸を撫で下ろした。

安堵の息を漏らした八重は、異形の大男が老人である事に気づき息をのんだ。

白い着物の腰に女物の赤い下帯を巻き、ザンバラの白髪に隠れた真っ黒い顔が、八重の心の変化を察知した様ににんまりと笑った。

「怪我ばしちょりゃせんか」

「怪我、如何してだぁ」

気配だけのものに誘われて、鳥のように空を飛び古里の小島に舞い降りた。八重は、老人の言葉が理解できなかった。呆然と辺りを見回すと彼女は丸坊主の丘の上に居て、しかも目の前は扇状に広がる海原である。小首を傾げた八重の目の前に小さな島が見えた。その島は気配だけのものに導かれて舞い降りたはずの古里の小島であった。

「何が有ったか知らんが、馬鹿なこつ考えちゃならん」

老人はぎょろりと目をむき八重の顔を覗き込んだ。

八重は身投げをしようとしたのではない。八重の無心の体は懐かしい島に辿り着きたかったのだ。唯それだけで渾身の力を振り絞って大地を蹴ったのだ。星空の中に揺り籠のように浮かぶ古里のクラマ島に飛んで行ったのであった。

だがそれは、何事も知らず幸せいっぱいに過ごした昔のままの純な島娘に戻りたいと願う八重の脳裏に現れた幻影でしかなかった。握り締めたままの拳を広げると細くやわらかな蔓が掌の中に有った。

「うべの葛が助けて呉れたったい、うべは長寿の薬種じゃ、生きれと言うこった」

そう言い捨てて老人は八重を置きざりにして何事も無かった

ように丘の傾斜地に向かって歩き出した。

「有難うお爺さん、でもアタシ、死のうなんて思うちょらん。島に戻りたかっただけなんよぉ」

八重は気が動転していて礼を言うのを忘れていたので老人の背に向かって慌てて叫んだ。

八重の声に振りかえる事無く丘の端まで歩いた老人は足を止め暫く海を眺めた。玄界灘の海から吹き上げる潮風に赤い腰紐を巻いた白い着物のすそをはためかせる老人の後姿が、八重の眼には人間を超越した異人に見えた。

彼女は突然その異人に向かって叫んだ。晴らしきれない己の心の闇を異人に向かって衝動的に叫んだ。

「でも戻れんとぉ、あの島はアタシん島じゃのうなったけん、祭りの山笠を見てたら突然思い出したんよぉ、アタシ能天気だから三十年も思い出さんかったぁ、アタシねぇ、人さらいにさらわれてあの島に連れていかれたんだぁ、アタシのじいちゃんは人さらいだったんだよぉ」

八重の声など聞き流して居るかに思われた老人の五体が、風に逆らってゆっくりとひるがえったかと思うと、その顔は再び鬼の顔に変わっていた。

形相を乱し八重の側に戻った老人は、押し殺した声を彼女の鼻先で吐いた。

「お前、まさか」

そして老人は八重の体を手元に手繰り寄せて再び獲物を捕らえた野獣のように荒い息を吐いたのである。

「八重なのか」

老人は暫く八重の顔を野獣の眼で見詰めたかと思うと今度は一転穏やかな老人の顔に戻った。

我が名を口走る老人の全く異なる二つの面相に、八重は言い知れぬ恐怖を覚えずには居られなかった。

「怖がるこた無か、お前は八重だな」

自分の名を繰り返し口にする老人に、身を竦め声を発する事の出来ない八重に、老人の言葉は真っ黒い鬼の顔に似合わない優しい声であった
八重は少し安心すると恐れていた事の反動と言うか、かしこまる事の無い彼女の性分が息を吹き返した。

「何でアタシの名知っとるかネ、もしかしてお爺さん仙人かネ」

八重は思いも寄らない場所に現れたり、初対面の自分の名を口走ったりする人並み外れた風貌の老人が、仙人みたいに思えたのでそう訊ねた。

八重に仙人と言われた老人は掴んでいた八重の手を彼女の膝に返して、真っ黒い顔をさりげなく綻ばせたが、八重の問いには答えずに目の前に見える小島に視線を投げた。

「あの島を見たくてちょくちょくここに来るのよ」

「お爺さんはクラマ島のもんかね」

「いや、クラマ島のもんでむ野畑村のもんでむなか、他所もんじゃ」

「くろいお釣りにでも来んしゃったかね」

「いや、魚釣りはしたこたなか、島に行ったこつも無か」

「じゃあ、如何して島ば見にくるとねぇ。好きな女でむおるかね」

「そうかむ知れんが、そうでむなか」

老人は八重に問われるままに答えたが、彼の答えは彼女の疑問を何一つ解消させることはなく、かえって八重の疑問を助長するものであった。

だが老人とかみ合わない会話を繰り返しながら、八重の心は徐々に恐怖心から解放されていったのだった。

釣り以外には物臭《ものぐさ》のじいちゃんは、せっかちな八重にのらりくらりと答える事ばかりだったので、彼女は何時も腹を立てていた。そのくせ最後にはじいちゃんに丸め込まれている自分に気が付いて妙に安心した事を思い出していた。それでじいちゃんに良く似たお爺さんだなと八重は内心思って気が安らいで行った。

そんな八重の心の変化を待っていたように老人は話し始めた。

「ワシは貧乏な石炭堀の子でなぁ、貧乏人の家に生まれた事を恨んで悪い事ばっかりしてきた。行く先々で悪さばっかり仕出かして住む場所がのうなってしもうてこん村に流れ着いたんじゃ。心を入れ替えてこん村で真面目に生きようと思ったんじゃが、生来の悪人のワシはそれが出けんかった。正直な村んもんばだまし、取り返しのでけん難儀ば村に与えた。そげんワシばこん村ん者達は罰を与えもせず見逃した。ワシは見捨てられた人間じゃ」

そう言って老人は寂し気な目を海の方に向け、

「あの島は権力者にそむいた反逆者や、禁断の恋に溺れた女が罰を受けた島じゃ。だからワシはあん島を見たくて此処に来る。権力に逆らった気骨のある武者や命懸けの恋ば貫いた女が恨めしか、自分の人生に悔いば残さず潔く咎人に為った者がワシは羨ましくてなぁ」

小島を見詰める老人の横顔が微かに震えていた。老人がどれだけの罪を犯した者なのか八重は知る由もないが、裁かれる事の無かった己の罪を悔い、潔く罪を裁かれた者の眠る島を見る為にこの丘に来るのだと言う老人がその時の八重には労しく思えた。

「アタシ、悪党にたすけられたかネ」

八重の言葉に薄く笑った老人は、思い直したように再び語りだした。老人の話に八重は固唾をのみ聞き入った。

村に流れ着き奇特な寺の住職に救われ修行僧に為った流れ者は檀家回りの途中で、幼い女の子を連れた様相の優れない女に出会ったのだと言った、女の酷くやつれた顔が気に為った彼は事情を訊ねた。僧の姿に安堵してか女は心を開き、これ迄の一部始終を彼に話したのだと言う。

女は奉公に上がっていた大店《おおだな》の息子と恋仲になり子を産んだのだが、それは両親の了解を得ない子であった。怒った両親に息子は勘当され二人は産まれたばかりの子を連れて家を出たのだという。女にとってそれはそれで好きな男と所帯を持てる事で、多少の苦労は仕方ないと覚悟の上であったが、贅沢三昧に育った男に覚悟など無かった。手持ちの金を使い果たすと男は、三日も明けない内に女と子を捨て親元に逃げ帰ってしまったと言うのである。それから幼い子を抱え人に言えない苦労をした女は、病に侵され生きる希望を無くし、幼い子を連れて先の無い旅をしているのだと言って僧の袖に縋ったと言う。身も知らない行きずりの僧に自分の子を託すしかない哀れな女を目の当たりにして、その時初めて人間らしい事をしたいと思ったのだと老人はなぜか目頭に手をやった。

彼は母と子を住吉神社の祭りに誘った。人混みにまみれて母と子がはぐれる様に仕組んだのだと言った。しかし女の子は勘の強い子で母親の手を握って離さなんかった。彼は仕方なしにその子の腕を強引に掴み母の手から引き離した。そして子の授からなかった漁師にその子を渡したのだと言った。祭り狂いだと言って居たその漁師は、この日限り金輪際、祭り狂いは止めると言って、幼い子の手を引いて島に戻って行ったのだと老人は言った。

老人の話を聞きながら、八重は僧にすがった女が自分の母親なのだと思った。そしてじいちゃんが人さらいではなかった事が素直に嬉しいと思った。だが直ぐにじいちゃんはこの老人と結託して自分をさらった一味じゃないかとも思った。

自分をさらった男を目の前にして、息を殺して身動き一つしない女と、胸の内に秘めていた己の醜い過去をさらけ出した老骨が、同じ無言の空間をじっと見つめ続けた。

「さらったんじゃなか」

かなりの時間が経って老人がポツリと漏らした言葉に八重は反応しなかった。

固唾をのんで聞いた老人の話は自分と母に関わる事で、老人の話が全て嘘だとは八重も思って居ない。だが自分の意志に反して母親から引き離された幼い子供にして見れば、老人の行った事は人さらい行為であった。

たとえそれが、悪意の無い行いであったとしても自分はさらわれた子に間違いない事だと八重は思った。だから彼女はじっと黙ったまま疑いの眼差しを老人に向けたままであった。

黙ったままの八重を気遣うように老人はとつとつと喋り出した。

「ワシはお前ばさらったのかむ知れん。でむ、お前はさらわれた子じゃなか、託された子なんじゃ」

老人は何も答えない八重に時折悲しそうな目を向けた。

「お前は母親の願いを叶えて生きた子じゃ、だから母親がワシとお前ば合わせたんじゃろ」

遠い過去をまさぐる様に語る老人の言葉が奇弁を弄《ろう》したもののようにも思えて八重は腹立たしくなって閉ざしていた口を開いた。

「アタシの母親がお爺さんを此処に呼んだかね」

「いや、お前を呼んだんじゃ」

「母さんがアタシを……」

母さんがアタシを如何して呼ぶのさ、嘘っぱちだぁ、と八重は反論しようとしてその言葉を飲み込んだ。八重は自分の意志でこの丘に遣って来たのではなかった。

彼女は目には見えない気配だけのものに誘導されて古里の小島を一望できるこの丘まで歩かされたのである。

「如何してだぁ」

八重は焦点の無い目を老人に向けた。

「道に迷わんようにじゃろ」

「アタシが道に迷わんように、母さんがお爺さんに会わせたかね」

浮かぬ顔を向けた八重に老人は深い溜め息をついてから諭すように言った。

「我が子を生かしたいと願う母親と、子を欲しいと願う夫婦の為にワシは幼い子をさらった。どんなに言い訳を言ってむワシはお前をさらった人さらいじゃろ、でむ、母親は我が子の命をワシに託したんじゃ。漁師夫婦は授かった命を我が子のように大切に育てたんじゃ。お前は二つの親ん覚悟ば背負った子だ、さらわれた子じゃなか」

　老人はそう言って、八重に向けていた目をまた海の方に向けて一転して飄々とした顔で話した。

「八重さん、ワシは幼い子ば母親から引き離した。その事を鬼の行いだと後悔ばした事も有る。じゃが、今日限り後悔などせん事にしようと思うちょる。ワシのさらった子は立派に生みの親ん願いを叶え、育てん親に歓びば与えて呉れたとワシは信じちょる。これから先はその嬉しか記憶だけば残しておきたか、無責任な話と思うじゃろうが、八重さんもさらわれた記憶を忘れては呉れんか。八重さんはさらわれた子じゃなか、託された子なんじゃよ。可愛い我が子ば道に迷わせんように、あの島で漁師ん孫娘として育った八重さんに、人に恥じる過去など無かこつば教える為に、ワシに合わせたお前ん母親の願いば聞き入れてくれんか」

　老人の話に八重は救われる思いであった。疑念を持った心を捨て、祖父母と過ごした島の記憶だけを残す事が出来るのであれば、彼女に取ってそれほど嬉しいことは無かったからである。しかし釈然としない気持ちが八重の胸中にまだ残っていた。

「母親の願いかね？」

　さらわれてきた子だと知っても八重は祖父母と過ごした島の暮らしが恋しかった。だから彼女は古里の島へ飛んだのである。じいちゃんが人さらいの片棒ではない事が分かって八重は嬉しかった。だから人さらいにあった記憶を捨てても良いとも思う。だが祭り場の人混みの中で、はぐれまいと必死で母の手を握り締めていた幼い自分の掌の感触を消し去る事は出来ないと彼女は思った。

それは、姿かたち何一つ覚えの無い母親に繋がる細く切ない糸である。母親と自分を結ぶ唯一の目に見えない糸までも断ち切る事など八重に出来ようはずのない事であった。

「アタシん母さんはこの手の平の細くて柔らかい指の感触だけぇ、どこのだれだとも分からない、顔も肌の温もりも知らない母さんをどうやって忘れるのかネ」

迷いの淵を逃れきれない喘ぎ声を上げた八重を老人は愕然と見詰めた。

老人は思いあぐねる様な吐息を何度も吐いて再び八重の腕を掴んだ。

形相を変え八重にかけた老人の手は心なしか弱弱しく思えた。骨太の浅黒い手であったが祭り場で幼い八重の腕を掴んだ情け容赦のない酷《むご》い手ではなかった。

「八重、ワシはお前に嘘ばついてしもうた。自分の恥ば晒しとうのうて嘘ばゆうてしもうた、堪忍せろ」

そう言って老人は重苦しく定まりのない眼を八重に向けた。

「お前ん母さんは行きずりの女なんかじゃなか、ワシのたった一人の妹じゃぁ」

八重の顔を見下《みおろ》した真っ黒い顔が狂おしそうに歪み吠えた。目を見開いたまま声も発てない八重を老人の震える声が新たな暗闇に引きずり込んだ。

「幼いお前ば連れた妹は、明日をも知れん重か胸の病じゃった。一時でもいいから華やいだ妹の顔ば見とうて、ワシはお前達親子ば山笠見物に誘うた。じゃが幼いお前の手を引いて晴れやかに山笠を見上げていた妹は、突然激しく咳込み大量の血を吐いた。血に汚れた口元を着物の袖で隠し人混みに紛れて逃げる妹ん手に縋り付いたお前をワシは掴んだ。『やえもいく、かあちゃんといく』と泣き叫ぶお前ん手を妹の手から引き離したんじゃ」

見開いたままの瞼からぼたぼたと落ちる泪の粒が、八重の腕を掴んだ老人の手の甲で弾けた。悲しい過去の記憶を呼び起こし心を乱す老人が八重には弱弱しい鬼の姿に見えていた。

ザンバラ髪を振り乱し、泪を払った老人は幼い子を残し死んでいく妹が不憫で為らなかったのだと言った。妹ばかりが哀れで残される子供の心を気遣う事など無かったのだと。そして我が子を生かして欲しいと言う妹の願いを叶えるために、幼い八重を子供の居ない漁師に渡したのだと言った。

その理由を老人は、自分を信用できないからだと言った。自分は必ず心変わりをして手元に置いたその子を不幸にする。そう言う事になれば自分を信じ、我が子の命を託した妹に申し開きがたたない。ヤクザ者の自分が信用出来なかったからだと老人は悲しげに言って細く長い息を吐いた。

人目を避けて村外れの観音堂に隠れていた妹は数日後村から姿を消し、それから一か月ほどが過ぎて、村から遠く離れた荒磯に血に汚れた身元不明の女の死体が流れ着いたと人の噂話を耳にしたのだと、老人は厳めしく八重を見詰めた目を手の甲で荒々しくぬぐった。八重は老人の言葉の中に隠されたものが有るような気がしていた。子供を残して死んでいく妹が哀れで、残された幼い子の心を気遣う事が出来なかったのだと言った老人の言葉が、八重には何故か裏腹に聞こえて居た。

老人の言葉の中に、死を覚悟した不憫な妹の境遇を嘆き悲しみながら、残される幼い子の生末を案じる堅物な男の情けが隠れているように思えたのである。

幼い子供の心にむごい母子の別れの記憶、無残に死んでいった母親の記憶を残してはならないと考えた老人は、敢て、華やかな祭りを見せる事で幼い自分の心から辛い母親との別れを消し去ろうとしたのではなかろうか。そして縁もゆかりも無い小島の漁師夫婦に幼い自分を託し、悪党と自称するヤクザ者の己の血までも断ち切ろうとしたのではなかったのか。慈しみ育てられた島での祖父母との幸福の時、自分にとって掛け替えの無いその時は、はかなく死んで行く妹に誓った老人の鬼の企が有ったればこそではないか。

そして母親は、自分の死、老人の秘めた心の内を伝えようと、目に見えない気配だけのものに為って自分の前に現れ、老人に我が子を引きあわせたのではなかろうか、八重はそう思った。

我が子に全てを知らせた上で、これからの人生を迷わずに生きて欲しいと願う母親が、老人の鬼のような眼の中に潜んでいるように感じて八重は絶句した。

八重の脳裏に村外れの観音堂が浮かんだ。失意の内に那嘉田の家を出た八重が目指したのは玄界灘に浮かぶ小さな島である。


明日は古里の島に渡ると言う前日の夜、八重は野畑村の観音堂で一夜を過ごした。

深い眠りの中で一人の女に出会った。枕辺に寄り添ったその女は翌朝目覚めた八重の記憶からは消えていた。その消え去った女の姿が、今八重の脳裏にまざまざと浮かんでいた。けたたましい煙火花火の音で眠りから覚め観音堂の外に出た八重は、農家の庭先で若い母親の側で駄々を捏ね泣いている幼い女の子を見かけ足を止めた。その時、八重は同じ年頃の我が子春子を思い出した。遊郭に売られる前の夜、春子の幼い指に誓った約束を守る事無く那嘉田の家を出た事を悔やんでいた八重には農家の庭先に佇む幼い女の子が自分の帰りを待ちわびる春子の姿に見えた。

その時から自分の側に気配だけのものが寄り添っている事を八重は感じるように為った。農家の庭で泣いていた幼い子が、機嫌を直して母親に手を引かれ去って行った後も、農家の庭先に残ったまま消えなかった幼女の姿は、娘の春子ではなく母親を恋しがる幼い日の自分自身であったのかもしれないとふと八重は思った。

一人ぽっちの八重は偶然見かけた母と子に我が身を映した。その母は八重自身であり、その子は春子であった事に違いはなかった。だが農家の母と子が立ち去った後に残された幼女は母親を知らない一人ぽっちの幼い八重自身であったかもしれない。一人ぽっちの八重は母親の温もりを恋しがった。暖かい母親の胸にすがり付きたかった。祭りで引き離された母親と一緒に居たかったのである。

村外れの観音堂で八重の枕辺に現れた女は母を恋しがる我が子の前に現れた八重の母親に相違なかった。

それからの母親は我が子を襲った悪夢を晴らし真実を伝える為に、気配だけのものになって自分に寄り添い続けたのだと八重は思った。

母親の教えた真実、それは幼い八重がさらわれた子ではなく、託された子である証であり、不憫な妹に願いを託されたヤクザな兄の秘めた肉親の情であった。

八重は自身の心の中に向かって力の限り叫んだ、（もう迷わない）と掌に握りしめた細くやわらかな手触りの母の指に八重は誓った。

鬼のように見開いた老人の眼は、八重の心を鏡のように映し、やがて潤み溢れ、さらった者さらわれた者の悪夢を押し流して行った。

長い時間、口を閉ざしていた老人は、掴んだままであった八重の腕を彼女の胸に返し、のどかな秋の日に揺らめく玄界灘の海に澄んだ目を投げた。

「あん島は潔よかもんの島じゃ、八重よ、あん島は、誰にはばかる事んなかお前ん古里じゃよ」

八重の目に小島から出港したらしい一艘の小舟が、穏やかな玄界灘の波を切って進んで来るのが見えた。その小舟を見つめながらじいちゃんの迎え舟ではないかと八重は思った。

＊

不幸ばかりの人生を語った八重さんの目が笑っているように見えた。パーマネントをかけた白髪頭を手拭いで縛った皺だらけの白い顔が、不幸の欠片も無かったかのように若やいで見えた。

辛く悲しい幻想に苛まれ、最後の希望を奪い取られそうになっても、自分を見失う事の無かった八重さんを私は誇らしく見つめた。

「何だい、アタシん顔に何かついちょるかね」

「あっ！　いや強い人だなと思って」

「ふうん」

八重さんは世辞は沢山だ、と言う様に鼻で笑って皺の深い顔を窓の外に向けた。

「生きたくてむ、生かしてもらえん時代だったんだよ、強いもんも弱いもんも有ったもんか、生かされただけ幸せさぁ」

「ええ、分かります、だから……」

「だから、何だってんだい」

「だから、平凡な暮らしが欲しいんでしょ」

手拭いに包んだ頭を傾げて「夢だよ」と八重さんが放り投げる様に言った。

「夢は覚めれば消えてしまう物なので希望にしましょ。希望は心の中にどんな時でも持っておれますから」と私が言うと、

「生きてりゃ明日が有るって話だろ。逝ってしまった日は戻りゃせんよ」と、面倒臭そうな顔を私に向け、八重さんは芋焼酎で荒れた喉を癒すように唾を飲み込み椅子にかがめた腰をひょいと上げた。

「そろそろ浜のもんが上がってくるけぇ」

酔いの回った頭を左右に打ち振りながら八重さんはいそいそとカウンターの内に入った。

八重さんの飯屋が飲屋に変わる時刻のようである。

酒の肴は客の漁師が、その日釣りあげた魚だと言っていたし、彼女の用意する料理は菜漬の添え物程度だろうなと私は内心思ったが、まな板に弾む包丁は八重さん自慢のメーンディッシュの刃音を奏でていた。

*

長い時間、八重のかたわらで島を見ていた老人は足元に目を落とすと、丘の斜面に向かって歩いた。丘の斜面はうべの葛に掛かり命を取り留めた八重が老人に救い出された樹木の生い茂る急な傾斜地で、老人はその傾斜地に立ち止まる事も無く入り、顔に掛かる枝

葉をさりげなく指先で払いのけ姿を消して言った。

老人を見送った八重はその時、気配だけで姿の見えなかった母親と同じように、実は老人も道に迷った自分を救う為に仙人の姿を借りて地上に現れた叔父の魂ではないかと思った。

老人を見送った後も、丘の上からクラマ島を眺め続けていた八重は、空一面の鰯雲が茜色に変わる時刻に丘を下りた。

野辺を渡る潮の香りに運ばれる祭囃子の音に、八重は何度となく足を止めた。漁師のじいちゃんの手に引かれて見上げた山笠は、茜色に染まった鰯雲の下に輝いていた。この日の終い山笠であったのではないかと彼女は思った。

細く柔らかい母の手から外れた小さな手を陽に焼けた大きな手が優しく握って呉れていた。その手こそ潮の匂いの沁み込んだ温かいじいちゃんの手であった。

愁いを乗せて流れてくる笛の音も、轟き渡る鐘や太鼓の音も今の八重の心を乱す疑念など孕むものではなかった。長い年月八重の心に消える事のなかった仲秋の茜空にそびえ立った山笠は、彼女の記憶を惑わす虚構の隠れ蓑などではなかったのである。

民家が途絶えた細い砂利の道を暫く歩くと、鬱蒼とした樹木に埋もれる藁ぶきの屋根が見えた。牛を飼っている農家のようで餌を求め盛んに牛が鳴いている。

細い砂利の道はその藁ぶき屋根の農家の前で行き止まりに為って居て、樹木の傍らから斜陽に照らされ赤く染まった海が見えていた。

牛の鳴く声に混じって赤子の泣く声が聞こえて、農家の庭先に目を遣ると赤子を抱いたうらわかい女が母屋から外に出てきた処であった。疳の虫でも起きたのか胸に抱いた赤子は、女が背を撫で頬ずりを繰り返しても泣き止む様子が無く、かえって声を限りに泣き叫ぶ始末で、女の途方に暮れた顔を八重は何とも歯痒い思いで見ていた。

赤子の春子が疳の虫を起こし困り果てた事が有って、母親の乳に触ると乳呑児は安心するものだ、と那嘉田の母親に窘められた事を思い出し、考えるより先に体が動く性分の八重は気が付くと二人の傍らに居た。

うらわかい女は、突然現れた見知らぬ女に本能的に背を向け赤子を庇った。

自分を恐れ背を丸める女の顔を八重は何処かで見掛けたような気がした。だが堪忍できない悲しみを訴えて泣く赤子の声に記憶は中断された。

「怪しいもんじゃないよ。赤ん坊が可哀そうで見て居れなくてさぁ」

八重は戸惑う女の胸から半分奪い取る様に赤子を抱きとると、真っ赤に顔を腫らして泣きじゃくる赤子の頬を掌で優しく撫ぜて、小さな体を自分の胸に包み込むように膝を落とし、着物の衿を開き赤子の口元に乳房をそわせた。

八重の胸に抱かれた赤子は、小さな掌と唇で八重の乳房を弄りながら鳴き声を弱め、やがて愛くるしい笑顔を見せていた。

「赤ん坊はネ、母親の乳房に触れると安心するんだよ」

疳の虫を治めた赤子をうらわかい女の胸に返し、はだけた胸元を整えながら八重は姑のような顔をして見せた。

そんな八重に女は戸惑うような悲しむような目を向けていた。

「ごめん、余計なこつしたね」

八重は彼女が怒っていると思って慌てて詫びを言った。八重は頼まれもしないお節介をした訳で、彼女に取っては側に見知らぬ女が居ること自体がストレスに違いない事であった。自分のそそっかしさ加減に恥じ入りながら八重はその場を逃げようとした。だが踵を返した八重の背で細い声が聞こえ、彼女は足を止めた。

「八重さん、八重姉さんでしょ」

八重の五体がぎくりと音を発て、同時に赤子の泣き声に掻き消された記憶と共に怨霊のような声が聞こえた。

(騙されて居るよ、アイツには他に女が居るんだ)

(如何してそんな意地悪を言うの、八重さんの意地悪)

遊女の八重は、店の上得意であったお大尽の企てた彼の運転手の青年と下働きの娘の間に芽生えた恋の引き剥がしに加担し、その褒美として足抜けをして自由の身になった女なのだ。

健気な娘を犠牲にした後ろめたさが八重になかった訳ではない。だが自由の身に戻れる歓喜を奪い去る程の罪悪感をその時の彼女は持つ事は無かった。夫と子供の待つ家に戻れる喜びが体中を埋め尽くしていたからである。

しかし損得ずくだと決め込んで得た自由は、彼女の手に何一つ歓びを与えなかった。愛しい夫、最愛の娘との再会を果たす事無く婚家を追われた八重の手に残った物は、卑怯な謀り事に加担して手に入れた自由の代償、後ろめたい罪悪感だけであった。

健気な娘を貶めた〝遊女八重〟の囁きが、娘の嘆き声が入り乱れ、津波になって八重の体に襲い掛かった。

恐るおそる振り返った八重の目に映った、そのうらわかい女の顔は、間違いなく八重によって、恋人との仲を引き裂かれ姿を消した下働きの娘の顔であった。

よろよろと身を崩す八重に下働きの娘は覚めた言葉を返した。

「八重姉さんのせいじゃないわ」

後ろめたさと懐かしさにうろたえる胸を鎮《しず》める術《すべ》の無い八重に、下働きの娘に抱かれた赤子が愛くるしい笑顔を向けていた。

「この子に済まなくて」

力いっぱい手足を伸ばし、真っ赤な頬を膨らませて、八重の方に愛嬌を振りまく赤子を下働きの娘は淋しそうに見遣った。その瞬間、八重の目頭で光が弾け、彼女は放心したような声を漏らした。

「それじゃぁこの子は、アンタの……」

目頭で弾けた閃光の中に睦まじく寄り添う若い男女の姿がまざまざと映し出され、愕然と立ち尽くす八重に下働きの娘は躊躇いがちに頷いていた。

「あの時」

八重は思わず零れ出た言葉を掌で覆った。

お大尽の運転手の青年から下働きの娘を引き離すために、八重は架空の身請け話を実しやかに彼女に伝え、遊郭の女達も玉の輿だと囃し立てた。

あの時、下働きの彼女のお腹の中には青年の子が宿っていたのである。

（お腹に子が居たなんて、そんな事知らなかったんだよぉ）

そう言って八重は許しを請いたかった。自分は遊郭の女将の指示に従っただけなのだと許しを請いたかった。それがその場逃れの詭弁である事を八重は良く分かっている。あの時下働きの娘に彼女が囁いた言葉は、女将に命じられた筋書き通りではなかった。若い男女を妬んだ八重の醜い嫉妬であった事に間違いはなかったのである。

此の後に及んで我が身を庇おうとする八重の心を、母親の胸に抱かれた頑是ない赤子の笑顔が圧し潰した。

「あの人を信じ切れんかった私が悪いの」

若い母親は呆然と立ち尽くす八重を咎める事も無く、返って自分を卑下するように呟いた、その後で、

「でも、ちょっとだけ恨んだわ」と言って、すっかり機嫌を直した赤子のお尻を掌でポンポンと叩き、さりげない目を八重の方に向けた。

彼女の言葉に八重は救われた思いであった。

ちっとも恨んでない、ともし彼女が言ったのなら、それは彼女の心に残る自分への憎しみの証だとその時八重は思った。だが彼女はそうは言わなかった。それが八重は心底嬉しかった。

「本当にちょっとだけかい」

「あの時、八重姉さんは私の事、心配して呉れてたわ。今だってそう」

戸惑い気味に訊ねた八重に彼女は嘘など無いと言う様に真っ直ぐに八重の目を見た。

自由の身に戻れた歓びを損なう負い目ではないと割り切って、忘れ去った過ちであった。

だが若い母親の一言に救われ、過ちを詫びる八重の心を、その過ちの醜さが覆い尽くした。

若い母親に詫びながら、八重は胸に抱いた赤子に注がれる彼女の憂いを帯びた眼差しが気にかかった。

捨てた男を信じ切れなかった自分が悪いと己の心には言い聞かせても、何も知らず生ま

れてきた赤子に言い聞かせる道理など無かった。父無し子にしてしまった自分の罪を、赤子の泣き顔に詫び続けて居る若い母親を目の当たりにして、八重は自分の犯した罪の重さを詫びる言葉の空しさに押し黙るしかなかった。

八重は、古里に向かう途中で立ち寄った小料理屋で、赤子の母親と懇《ねんご》ろであった男を見かけた。

県会議員を引退するお大尽の娘婿となり、義父の後継候補として県会議員に当選した、その男の誇らしげな顔が、父無し子を抱え気丈に生きようとしている恋人を嘲笑っているようで腹立たしく思えた。

そしてその手助けに加担した自分が今更のように愚かしい人間に思える八重であった。

「私、この子に済まなくて」

若い母親は同じ言葉を繰り返した。

「アタシが他人の事、言えた義理じゃないけど、この子に済まないのはアンタじゃないアイツの方だろう」

小料理屋で見かけた誇らし気な男の顔が、頭の中に残ったまゝであった八重は苛立っ声を吐いた。

だが、語気を荒げた八重に若い母親は淋しい顔を向けて、この子に済まないのはそんな事ではないと言った。

そして「自分が遊郭から逃げたのはお腹の子を守る為だった」と彼女は言った。お大尽が次の県会議員選挙に出ないらしい。若い使用人が彼の娘婿に入って後を継ぐらしい、と言う店の客達の噂話を聞いた彼女は、若い使用人が自分の恋人だとは直ぐには思わなかった。貧しくても良い、細やかな家庭を一緒に作ろうと約束し合った恋人の心変わりなど信じられなかったのだと彼女は言った。そんな時、お大尽の娘婿が自分の恋人だと知らせた八重を、彼女は随分薄情な人だと恨んだのだと言ったが、恋人の心情を察しきれなかった自分が一番悪いのだと、後に為って分かったのだと彼女は淋しく笑った。

「大出世だもの、私なんかと所帯を持ったら一生うだつの上がらない貧乏だもの、男は誰だって……」

彼女はそう言って腹に残っているだろう後の言葉を圧しつぶす様に、大きな息を吸って細く長い息を吐いた。

「何を言ってんだよ、アンタのお腹にはアイツの子が居たんじゃないか」

「この子の事は、あの人は知らない」

そう言って自分が居ては恋人の出世の妨げになる、何も知らせずに身を引こうと彼女は決めたのだと言った。

だが自分が身を引いたとしても此のまま遊郭の下働きを続けて居れば、お腹の子の存在が明るみに為る。そうなれば恋人の出世の妨げになるばかりでなく、お偉いお大尽は娘婿の外腹の子を黙って許す訳などない、自分は恋しい人との二世を諦めても命を授かったお腹の子だけは何としても守らなければならない。生まれてくる子を守る為に自分は逃げたのだと彼女は言った。

「だからあの人のせいじゃないわ」

「何でそんなに優しいんだい。憎めばいいじゃないか、強い女だねぇ、アンタ」

裏切った男をかばう若い母親の心がはがゆくもいじらしく思える八重であった。

「強くない、優しくなんかないわ」

彼女は急に悲しい顔に為って胸の赤子を抱き締めた。お腹の子を守る為に逃げた筈なのに、見知らぬ土地を当てもなく歩き疲れ果てた彼女は子を宿した事を後悔したのだと声を詰まらせた。

下働きの僅かな給金を貯えたお金は直ぐに底をつき、盗人まがいに畑の作物をあさり、野山に自生する木の実で空腹をしのぐ日々を過ごしながら、彼女は日に日に大きくなるお腹が疎ましかったと言った。辛い日を思い出し斜陽の空を見上げた彼女の目頭が茜色に潤んでいた。

身重の彼女は親切なゴゼの家族に声を掛けられ命を繋いだのだと言った。

農家の庭先で三味線かたりや唄や踊りを披露し、小銭や穀物を貰って村々を渡り歩く、ゴゼ家族と生活を共にしていた彼女は、泊り宿であった村外れの観音堂で女の子を出産したのだと言った。

だが飢えと心労の絶えなかった彼女は、母親の役目を果たす事の出来ない体に為って居た。彼女は自分のお乳で赤子の命を繋ぐことが出来なかった。

乳を欲しがり、泣き叫びながら母乳の出ない自分の乳房に吸い付く赤子の口に、年増のゴゼがすすめた米の煮汁を与えながら、お腹に宿った子を疎ましく思った自分に罰が当たってしまったのだと言って彼女は涙ぐんだ。

「母親らしいことをなんにもして遣れない。私この子に済まない事ばかり」

「何言ってるんだい、この子はアンタのお腹の中で育った子じゃないか、それ以上の母親が何処に居るって言うんだよ」

済まない事ばかりだと、胸に抱いた子に詫びる若い母親に、八重は同じ母親として素直に子を宿した女の誇りを伝えたかった。

「可愛い子だねぇ、どんな事が有っても放しちゃいけないよ」

「ええ」

「絶対だよ、約束だよ」

赤子の泣き声を案じて牛乳を分けて呉れた親切な酪農家に身を寄せ、貧乏だが安らかな日を過ごしているのだといって、目頭に滲んだ泪を掌で拭った彼女の笑顔が、八重は心底から嬉しかった。

自分には叶わない事だと思いながら、二人が末永く愛しみ合う母子であって欲しいと八重は心から願って、若い母親と赤子の側を離れた。

「知ってる者《もん》か」

「通りすがりの人」

八重と入れ替わりに庭に入って来た白髪の髪を乱した老人に、若い母親はさりげなく答えて母屋に戻って行った。白い着流しの腰に赤い腰紐を巻いたその老人は両の掌一杯に熟れたたウベの実を抱えていた。

秋空高く茜に染まっていた鰯雲が、夕刻の闇に塗れ始めた野田《のだ》の路を歩く八重の足は、おのずから村外れの観音堂に向かっていた。道に迷った我が子に、真実を伝える母の魂を自分の元に導き合わせた観音様に手を合せて八重は村から離れようと思ったのである。

住吉神社の秋祭りも無事に終わったらしく、哀愁を帯びた笛の音も轟き渡る鐘や太鼓の音も聞こえなかった。ただ潮の匂いの風だけが八重との別れを惜しむように路肩の枯草を揺らしていた。

観音堂で一夜を過ごし、観音様と母親の魂に別れを告げた八重の姿が、昼下がりの入り江から出港した船上にあった。

秋シラスの漁場に向かうと言う初老の船頭は、クラマ島に渡りたいと言う八重の願いに「少しだけ迂回せにゃならん」と渋っ面であったが、彼女の差し出した僅かな金子《きんす》を確かめもせずに懐におさめた。

玄界灘の波を切って進む船首に立つ八重の胸は爽快であった。世間知らずの娘を襲った悪夢としかいいようの無い不幸の歳月を、彼女の体いっぱい吸い込む玄界灘の潮風が純な心を惑わす邪鬼共々に吹き払っていた。

八重は今度こそ自由であった。幸せばかりの古里の島に戻れるのである。

人の良い海の男の漁船から波止場に降り立った八重の眼に映る古里クラマ島は十五年前彼女が見ていた島の景色と変わらなかった。

十五年の時を過ぎても変わらない島の姿は八重の体を優しくつつみこみ、汚れを知らない十八の娘にかえしてくれるかの様であった。

内海を抱くように護岸工事された湾内には数隻の船が浮かんでいるだけで、祖父の舟は見当たらなかった。

夫婦らしい男女が波止場に降りた八重を見て、手を振っている。だがその夫婦は八重の知人だと言う訳ではない、島を訪れる人達に対する島民の感謝の意志表示なのである。

八重は軽く片手を振り返して、祖父母の家に向かった。

島の居住地区は、八坂神社の森と番所が置かれたと言うクラマ岳の東南部に数十軒存在する。祖父母の家はクラマ岳の裾に建っている平屋の小さな住まいである。

今日の獲物は「あらかぶ」か「くろいお」か。

ほくそ笑むじいちゃんの白髪の顔を思い浮かべながら、八重は十八の娘盛りまで何の苦労も知らずに育った懐かしい家の前まで来て足を止めた。

西に傾いた陽が色付き始めたまわりの木々の葉や人家を赤く染めていた。その中で八重の眼に映る平屋の家だけが季節の外に置き去りにされたように黒く沈んでいて、暗く陰った家の内には灯りも見えなかった。

立ち尽くす八重の脳裏に不意に魚売りの女の顔が浮んだ。

「まさか」

したり顔の魚売りの顔を手の甲で払いのけて、八重は縺れる足を蹴立てて懐かしい家の戸口に走りよった。

「じいちゃん、ばあちゃん、八重だよぉ」

八重は玄関の戸を押し開けて家中に向かって大声を上げた。だが八重の呼びかけに答える祖父母の声は聞こえなかった。

釜屋に駆け込んだ八重の眼に、囲炉裏に下がったままのすすけた自在鉤が微かにゆれ、かすれた音をたてた。

「おお帰ったか、よかよか、また八重と一緒に船に乗って『あらかぶ』ば釣ろうたい」

囲炉裏の火を囲み、あらかぶの煮付けとばあちゃん手造りの菜漬けを見てじいちゃんが指を一本立て、ばあちゃんは心得ていて何時もの煮砂糖割の焼酎ではなくお銚子を一本付けた。一杯やりながら慰めてくれるじいちゃんの笑顔が見たい八重であった。だがそこに八重を迎えてくれる老祖父母の姿は無かった。

火を入れた跡が無く幾度かの季節を過ぎたと思われるかまどに黒く焦げた「薬草」の入った鍋が掛ったまま埃に塗れている。

祖母は腹痛の持病持ちの夫の為に「ゲンノショウコウ」を毎日欠かさず煎じて飲ませ、男まさりの幼い八重が学校帰りなどに擦り傷を作って帰るとドクダミの煎じ汁を塗ってくれた。八重はお返しにお通じの調子が悪いと言う祖母の為に「サセブサンゴ（この土地独自の呼名。里山に自生する紫色の小粒の実をすずなりにつける常緑の小木。サンゴの様にキレイで食べると甘ずっぱい）」の実を取りに山に入っては、「漆負《うるし》け」になった事が何度も有る。祖母はその度に顔や腕を赤く腫らしてしまった八重の顔を両の掌で労わり、奇妙な呪文を唱えて赤く腫れた顔や腕に息を吹きかけて呉れた。不思議な事に祖母の呪文を受けた翌日には腫れや痒みがすっかり消えて、元通りの色白の八重の顔に戻っていた。

埃を被った鍋の薬草は漁に出かける夫の手弁当に添える為に祖母が最後に煎じていただろう「ゲンノショウコウ」に違いなかった。

煎じ詰められて鍋の底に固まっている埃に塗れた薬草に八重はそっと手を伸ばした。

八重は釣りの手を休めた祖父にお茶代わりにと勧められた煎じ薬の臭さと苦さを忘れる事はない。祖母が年中休まず漁に出る持病持ちの夫の為に煎じた「ゲンノショウコウ」の苦い香りこそが、八重の記憶に残るじいちゃんの匂いであったからである。

「こんな苦いもん飲めん」

「ばあちゃんの愛がこもっちょるとばい」

渋る八重をからかう様にドングリ眼をしてじいちゃんはコップに並々と注いだ煎じ薬を飲み干して、何とも言えない顔をして「旨い」と言った。

懐かしい祖父母の思い出が止めどなく頬に流れ、手に取った「ゲンノショウコウ」の欠片が指の先で音もなく砕け足元に散った。

茶の間と六畳二間だけの家の内を、八重はまるで広大な砂漠を歩く旅人の様に歩き続けた。歩いても歩いても辿り着く終着地の無い懐かしさと恩情の尽きない道程である。

どれ程の時が過ぎただろうか、八重は異変を感じて足を止めた。雨戸の隙間から覗く月影に海の水面が黒く沈む夜更けであった。開け放したままであった戸口で何かが動いた。息を殺し様子をうかがう八重の眼に提灯の赤い灯が見えた。虚ろな空間を彷徨っていた八重はもしかしてじいちゃんが戻ったのではないかと一瞬心をときめかせた。

だが提灯の明かりに浮かんだ顔は祖父とは似ても似つかない厳つい顔であった。

「お前まさか」

厳つい顔のその男は提灯の灯に照らされた八重の顔を見て不審の声を発げた。

「アタシ八重です。此の家の者ですから」

八重は泥棒にでも間違われては困るので男に向かって慌てて自分の名前を叫んだ。

「ああそうだった、八重だったなお前」

厳つい顔の男は八重を思い出したようで、投げやりな言葉を彼女に返した。

「アンタ誰かね」

顔見知りの者だと分かると物怖じしない性格が出て八重は男を見返す様に言った。

「俺ん顔も忘れちしもうたか」

男は歯痒そうに顔をしかめた。

そう言われれば見覚えのある顔であった。

「ああ」

「恩を忘れた小雀ぇ、やっと思い出したか」

男の顔を思い出した八重は気の抜けた声を漏らし、男は厳つい顔をいっそう厳つくして八重を見詰めた。

その男は八重が幼い頃、子供達を引き連れて我が物顔に島中をのさばり回っていた悪ガキだった。大きな海の男に為る様に父親が付けたのだと洋太郎と言う自分の名を、いつも自慢していた。

負けん気の強かった八重は彼にいじめられた事はあったが、優しい言葉を掛けられた記憶は無かったので、その男は八重にとってあまり好感をもってる人物ではなかった。

「アンタに恩など受けちょらん」

空々しい顔を向けた八重に、幼馴染の悪ガキは苦笑いの後で神妙な物言いをした。

「俺にじゃなか、お前んじい様とばあ様の恩じゃ」

八重は悪ガキ当時の記憶しかない彼の口から祖父母が引き合いに出されようとは思いも寄らない事であったので、潮に焼けてたくましさを身に着けたかつての悪ガキの顔をしげしげと見遣った。そんな八重にお構いなしに洋太郎は語気を荒げた。

彼は島を出て十五年もの間、一度も祖父母の元を訪れなかった八重の不義理を責めた。幼い八重を親代わりに育て上げ、嫁に出してくれた年老いた祖父母を見捨てた恩知らず者だ、と彼は八重を責めたのである。

洋太郎の叱責を受けながら、八重の心は複雑であった。大人に為った悪ガキの説教面を見返す事も無く、彼女はじっと口を閉ざした。

（お前なんかにアタシの何が分かる）

と八重は反論したかった。だが祖父母への恩をと問われれば八重に返す言葉は無かった。親の愛を知らない幼い自分を親以上に愛しみ育て上げて呉れた祖父母の恩を、八重は片時も忘れた事など無いのだ。

祖父母への不義理を詫びる心と、我が身に起きた不幸を語れないもどかしさに乱れる八重の胸を洋太郎の言葉が逆撫でした。彼は祖父母と八重の関係を縁もゆかりも無い他人、だと言ったのだ。

それは母の魂に導かれ出あった老人と、自分以外誰も知らないいわば極秘事項である。道に迷った自分を導いてくれた母の細く柔らかい指に八重は誓った。

（もう迷わない）と八重自身心の中で決着していた事で、その事で心を乱す彼女ではなかった、だが事も有ろうに、自分の生い立ちに何の関りも無い筈の洋太郎がその極秘事項を口にしたのである。

「何でだぁ、お前何ば知っとる」

項垂《うなだ》れていた体を起こし八重は凍り付くような目を洋太郎に向けた。だが、彼は八重の疑問に答える事無くそれまでとは違って穏やかに話を続けた。

八重が島の外に嫁に行った後、洋太郎はちょくちょく八重の祖父母の家に顔を出すようになった。

沖釣り名人の爺様に漁の手ほどきを受けようとしたが「釣りのコツは教えるもんじゃない盗むもんじゃ」と断られたのだと言った彼が何故か声を詰まらせた。浮かぬ顔を向けた八重に、何も答えず鼻啜りをして、彼はまた話し始めた。

戦争が終わって戦地から島に戻った洋太郎が、爺様の舟に再び乗る様になって何度目かのその日は、昼近く急に波が荒くなって漁を切り上げ爺様の家に戻った。何時もは玄関先まで迎えに出る婆様の姿が無く、飯の支度で忙しいのだろうと釜やに入って見ると、婆様がかまどの前で蹲っていて既に意識が無かったのだと、彼は辛そうな顔を八重に向けたのである。

島に戻る途中出会った魚売りの女の話を、戯《ざ》れ事だと信じなかった八重であったが、十五年ぶりに見る祖父の家の変わり果てた姿を目の当たりにした時、祖父母の身に起こった異変を八重は覚悟した。だがそうであっても祖母の死の現実を直ちに受け止める程八重は気丈な女ではなかった。

見開いた眼を闇に向け、声を立てる事も出来ない八重に洋太郎は慰めの言葉を掛ける事も無く更に話を続けた。

婆様の葬式を済ませて数日後、漁に出る爺様の舟に彼も乗った。

「釣りの技は盗むもんだ」と言って此れまで釣りの話は一切しなかった爺様が、その日に限って釣りの話を始めたのだと洋太郎は言った。怪訝な顔を向けた彼に爺様は顔半分笑って言ったのだという。

「今日で最後じゃからよ」

「何でぇ、もう乗せて呉れんのかぁ」

洋太郎はてっきり自分が爺様の舟に乗せて貰えなくなるのだと思って慌てたがそうではなかった。

「此ん舟とむお別れじゃ、墓たてにゃならんでな」

「船売ってしもうたら魚釣れんぞ爺様、それで良いのかぁ」

「船がのうてむ、魚は島の周りじゅう泳いじょる。気まま放題に生きたワシに文句一つ言わんでついて来てくれた婆さんば野ざらしにゃしておけんけ」

洋太郎は釣り一筋に生きて来た爺様の生きがいが無くなる事が心配で、こんな時八重が側に居ればどんなに爺様の支えに為った事かと思ったのだとしみじみと言った後で、母親代わりの婆様の葬式にも姿を見せなかった八重を（恩知らずめが）と心の中で罵《ののし》ったのだと言った。

波止場の岸壁から不慣れな竿釣りをする爺様の背中が、日に日に小さく為って行くのを見かねて声を掛けた洋太郎に、爺様が語った言葉を彼は今でもはっきりと覚えている。

「八重はワシら夫婦の義理ば背負ち島を出たんじゃ、縁もゆかりも無かワシの血ば引き継いで嫁に行ったんじゃ。帰ってこんちゃよか」

爺様はそう言って八重を非難する自分を窘《たしな》めたのだと洋太郎は言った。

「そんなこつなかぁ、アタシんじいちゃんとばあちゃんに決まっちょろうがぁ」

訝し気に向けた洋太郎の視線を打ち払う様に、八重は大声を上げた。

海に投げ入れた糸に当たりが有っても老人は竿を上げる事は無かった。波止場の岸壁に腰を下ろし、日がな一日竿糸を垂れる彼の眼は、玄界灘の海ではなく島の対岸の陸地を見続けていた。

　虚ろに開いた老人の眼は、時を超えた懐かしい陸地の景色を見詰めていた。

　五十年前、島に住み付いた彼は、元は内陸の農家の長男であった。老人の先祖は代々家督の長男継承を定めとして栄えた分家の無い大農家であったが、彼の三代前の当主が三兄弟に互いに協力し合い一族の繁栄を為す様にと申し渡し、家の身代の内五割を長男、三割を次男、二割を三男に相続させた上、次男に名嘉垣、三男に名嘉堀の家名を名乗らせた。彼の家は三男の家系で二割の相続であったが、それでも那嘉堀家の田畑は近在の農家に劣るものではなかった。だが一族の繁栄を願った当主の決断が裏目に出た。本家の当主が死亡すると小作農家の中から不満を口にする者が出たのである。

　那嘉田家では代々長男以外の男子は独立して新しい家業につくのが決まりであったが、中に例外的に村に止まり小作として家族を持つ者が居た。小作人の中に元は那嘉田家一族の血を引く者が居たのである。

　祖父の代に始まった身内同士の諍《いさか》いは父の代に為っても治まる気配が無かった。子孫繁栄を願い三兄弟に託した曽祖父の思いを争いの種にしては為らないと心を決めていた彼は、父親の死後名嘉堀家が相続した田畑を本家に返した上、不公平を言い張る小作の家に払いさげて貰う事で醜い身内の争いを止めさせようとした。本家の当主はご先祖の仕置きに背くものだと、彼の申し出を拒んだが、元々長男継承の定めの家系で三男の相続分などは有り様のない事で、一族の大事が起きた時の為に曽祖父が名嘉堀の家に預けた田畑だと彼は申し立てたのである。

その申し出を受けた那嘉田、那嘉垣両家の当主は、彼の差し出した田畑を等分に小作家族に譲り渡し以後不平を口にする家は居なくなったのであった。ところで、家をたたんだ彼には女房と女の赤子がいた。

本家の当主は、その赤子を幼い長男の許嫁として引取ると言った。赤子を抱え再出発をする夫婦を案じた事だと言ったが、一族の安寧を願い田畑を投げだした彼への本家当主の償いであった。彼の妻は強情に反対したが、当人はそれを受け入れた。

玄界灘の小島に渡り漁師をはじめて五十年近くが過ぎた頃であった、漁から戻った彼の元に訪問客が有った。

五十絡みの矍鑠《かくしゃく》としたその訪問客は老境を迎えた夫婦に名嘉田忠勝だと名乗った。

予期せぬ訪問者に慌てふためく老夫婦に、忠勝は自分の訪問の理由を話した。

本家に残してきた赤子の娘が成長して長子である彼との間に男子を授かった事を聞いた老夫婦の喜びようは言葉に言い表しようのない程で、わけても身を裂かれる思いで我が娘を手放した老婦にとって、その胸の内は計り知れないものであった。

だがその直後忠勝の口から出た言葉は、老夫婦を底の知れない悲しみに変えた。

成長した娘は華奢で体の弱い女で、自分の子を産み落とした数日後に亡くなったのだと忠勝は二親に深々と頭を下げたのである。

忠勝は妻の死後、日も浅い内に那嘉田家の古い小作農家の娘を嫁に取った。それは残された乳呑児を何としても育て上げ那嘉田家の後取りにするための事だと泣き崩れる老夫婦に忠勝は告げた。

対岸の空に向かって流れる雲を見上げる老人の潮に焼けた浅黒い頬に泪が沁みていた。玄界灘の荒海で育った男勝りの娘を那嘉田家の嫁に頂きたい。後日届いた忠勝の手紙に二人が孫として育てた八重を長男忠雄の嫁に欲しい旨が記されていた。

滅多に訪れる事の無い訪問客を、その日釣って来たばかりの魚料理で持て為そうと、釜やで孤軍奮闘している八重を頼もしそうに見詰める忠勝に、老人は自分の孫娘だと答えた。

忠勝は頷きながら義父の言葉の嘘を分かっていた。義父母の元で男勝りに育った娘を那嘉田家の嫁にとの強い思いを抱いて忠勝は島を訪れていたのであった。

母親に似て体の弱い長男に心身健やかな娘を嫁に取り、身代の相続を願う忠勝の思いは、名嘉田一族の安寧を願い自分の身代を投げだした老夫婦に対する彼の感謝の現れでもあった。

愛娘の腹を痛めた男子の嫁にと言う忠勝の申し出を老夫婦に断りなど出来よう筈の無い事であった。

それは那嘉田家長子の身代継承を願う忠勝と我が子同然に育て上げた娘の幸せを願った

老夫婦の強い思いであった。

＊

船を売って婆様の墓石をたてた日、加勢に来た洋太郎達に、湯飲み茶碗にあふれ零れる煮砂糖割の芋焼酎を振舞って上機嫌だった爺様は、数日後婆様の墓の前で死んでいたのだと洋太郎は言った。

爺様は手に芋焼酎の一升瓶を握り、片方の手に煮砂糖を山ほど入れた茶碗を掴んでいたという。大好物の煮砂糖割の芋焼酎を婆様と二人で飲みながら、爺様は天国に昇って逝ったのだと彼は声を詰まらせた。

翌朝、八重は洋太郎の舟に乗り島を離れた。

波止場に向かう前に祖父母の眠る墓所に向かい、尽くしきれない恩を手桶の水に添え、手を合せる八重の眼に、墓石の側面に刻まれた文字が目に入った。

祖父母二人の名前が刻みつけられた墓石には同じ日付の命日が記されていた。じいちゃんはばあちゃんが死んだ日に死んでしまっていたのかも知れない。二人で一緒に三途の渡し舟に乗って来世の国に旅立ったのだ。墓石の前にひざまずく八重の頬をいくすじもの泪の粒が流れ落ちて行った。

遠ざかる島に片手をあげる八重の眼に、波止場を飛び立つ二羽の海鳥が見えた。船を追いかけ八重の頭上に飛来したその海鳥は、白い翼を大きく広げ別れをおしむかのように幾重にも幾重にも輪を描き、やがて翼をひるがえし鰯雲の浮かぶ天空に舞い上っていった。

古里の小島を離れた八重は、玄界灘の景勝地松浦潟を望む港街の外れにある粗末な建屋に飯屋の暖簾を出した。

色白で、ちょっと小粋なめっぽう酒好きな女主目当ての浜の漁師達で結構繁盛していて二十年余り続いている。繁盛するのは漁師相手の夕刻からの事で、昼間はほとんど開店休業状態で、一人主の八重は陽の高い内は飯屋の窓から海と山の景色を眺めながら、娘の頃過ごした小島や農作業の傍《かたわ》ら夫と見上げた天山を思い浮かべ、煙草をふかす日を続けていた。

そんなある日の昼間、東京からだという男性の客が有った。

その男性は、馴染みでもない店の女将である八重を「お母さん」と呼んで彼女を嬉しがらせたのだった。

＊

従軍先で戦死した町医者の父親が残した医院を、私と共に開院準備に携って呉れた看護婦の女性は、九州の農家から関西の紡績工場に集団就職した娘であった。彼女は織工として勤めの傍ら夜学に通い苦労して看護婦受験資格を得、自立を求めて上京したのだと言った。

無事開業にこぎつけ、間もなく私はその女性と結婚をした。結婚式に親族を呼ぶこともなく、新生活報告の里帰りさえ拒む新妻を見かねる私に、彼女は躊躇いがちに生家と両親の事情を打ち明けた。

長い間、胸の内で悩み続けていた両親と家族の関りを吐露した事で、心の重しが和らいだのか、妻は頑なに拒んでいた里帰りを受け入れたのであった。

里帰りした孫娘を前にして語った那嘉田家の祖母の言葉は、妻が私に語った母親の姿ではなかった。新しい家族と暮らす為に、幼い娘を残し那嘉田家を出たと妻が聞かされていた母親の話は、そうではなかった。

由緒ある家に、遊女に身をやつした嫁を留めて置く事が出来なかったのだと、老いた祖母は声を震わせたのである。

そして那嘉田家の家を追われた妻の母親は、行き方知れずのままであった。

年老いた祖母の口から聞いた新事実に嘆き悲しんだ妻の姿を、私は忘れるは出来ない。

妻の春子は、父親と幼い自分の指に絶対に離れないと約束して流した母親の泪を覚えていると言った。

亡くなった夫に代わり、義弟夫婦が身代を継いだ家に居場所を無くし、新しい生活の場を選んだ母親を恨む事の無かった春子は、他人の妻と成り、幸せに暮らして居ると聞かされた母親を、心の奥底に沈め込み淋しさに耐え、長い日々を過してきたのだと言って泣いた。

　新事実を知ってから、母親の安否を気づかい心の休まる日の無い妻を労りながら、私は義母八重の消息を訪ね歩くようになった。

　だが足繁く通った妻の母親の古里と言う玄界灘の小島や近在の村にも、不遇な暮らしをしいられていた花街にも義母に繋がる消息は何一つなかった。

　祖母が亡くなり、実家からの情報も途絶え尋ねる先も無くなった頃であった。

　それは思いも寄らない身近な人物が口にした言葉が切っ掛けであった。

　私は気晴らしを兼ね、妻に代わり近所の店に食材の買い出しに出かけた。

　休日の午後とあって店は案の定大勢の主婦で混雑していた。出店して数年しか経たないと言うその食料品店「さわのや」は、特売日とか、お客様感謝の日とか、商売上手で近所で評判の店で、五十半ばの店の主人は、物腰の静かな人物で、その事も主婦達の集客に一役買って居るようであった。

　私はその店の主人とは、彼が食料品の店を開業する以前からの顔見知りであった。知り合ったのは、私が父の遺志を継ぎ開業した医院に中年の男が「頓服」が欲しいと言って現れたことからであった。

　訊けば地方から単身上京したばかりだと言う男で、近所で八百屋を始める予定で、昼夜無しの仕事で体が悲鳴を上げているのだと言った。彼は、それ以来私の医院の常連の患者である。

「やあ、院長先生。奥様の代理で御来店有難うございます」

振りかえると、近所の主婦と争い合って特売品に手を伸ばしている私の背後で店の主人が笑っていた。

「本日のお勧めは玄界灘の潮風で育ったゴボウに大根、太くて長くて味も良いですよー」

特売品に群がっている主婦達に、主人はしきりにお勧めの野菜コーナーへ誘っていた。

「あら珍しいわ」

店の主人の勧める野菜を買いもとめ家にもどると、妻は自分の身の丈も有りそうなゴボウと雪より白い大ぶりの大根を手に取り懐かしそうに言った。

「主人の田舎の産物らしいよ。魚じゃあるまいし、玄界灘の潮風で太った野菜だそうだよ」

「そう言えば『さわのや』のご主人九州の人らしいわ」

「それにしても東京まで運んでちゃ商売に為らんだろうに」

「ご主人商売上手で大繁盛じゃないの、最近、国に残していた奥様とお嬢様をお呼びになったみたいよ」

何気ない妻との会話の中で私は、ふと、損得抜きで遠く離れた郷土の産物を店頭に並べる店の主人に、故郷を離れなければならない深い理由があるのではないかと思った。

「なぁに思い付きの道楽ですよ」

何時ものように休診時間の昼過ぎに遣って来た店の主人に、損を覚悟の商売の訳を尋ねた私を笑い飛ばした彼の顔が、微かに憂いを帯びて見えた。

玄界灘の港町から上京して来たと語った彼の記憶の中に義母の姿が混じってはいないものか、藁をもつかむ思いであった私は、かつて玄界灘の港町に存在した遊郭と其処に暮らしていた女達の話を彼に語った。

唐突に切り出した私の話を驚く事も無く聞いた主人は、ぼんやりと気の無い目をしていた。

彼の過去に期待する記憶は無さそうだと私は思った。ところが、無駄話を詫び席を立った私を無表情の彼が引き留めたのである。

「院長先生、私の話も聞いてもらえませんか」

私を引き留めた店の主人は、彼の若い頃の話を始めた。

そして、無表情のままに語った彼の話の中に、私は確かな義母の姿を見つけた。

戦後故郷に戻り、地元の有力者である議員の事務所に職を得た若かりし頃の彼は、遊女遊びが好きな雇い主の運転をして花街に出入りしていた。その花街で下働きをしていた娘と彼は恋仲に為り二世を誓い合ったのだと言った。だが二人の誓いは叶わなかったのだと言った店の主人の無表情の唇が僅かに震えた。

雇い主の議員に娘婿に入る事を強要された彼は、二世を誓い合った娘を選ぶか、出世を約束される婿養子を選ぶか決めかねたのだと言った。その陰で苦しみ悲しんだ恋人が姿を消した事も知らずに、花街を訪れた彼を咎めた遊女が居たのだと彼は言った。

雇い主の娘婿に入っても、別れた恋人に未練を残していた彼は、偶然立ち寄った町はずれの飯屋でかつて自分を咎めた花街の女に出会った。

その女は「好いた女を見捨てる男は最低な男だ」と激しく彼を罵倒した後で、恋人のお腹に子が居た事を告げて、我が身の事のように泣き崩れたのだと言った。

その後、彼は残された自分の人生を二世を誓い合った女性と子供の為に生きようと決意して、婿入り先を出て上京したのだと言った。

その覚悟を決めさせたのは、消息の無かった恋人と子供の所在を報せる差出人不明の手紙だったと言った彼は細く長い息を吐いた。そして手紙の主が彼を罵倒した飯屋の女だと言って頭を垂れたのである。

若き日の主人を罵倒し、恋人のお腹の子の存在を彼に告げて泣き崩れたと言う遊女上がりの飯屋の女が、妻の母親である事を私は疑わなかった。

己の胸一つに秘めていた若き日の過ちを、顔色一つ変えずに語った店の主人は、最後に無表情であった顔に僅かばかりの笑みを添えて言った。

「院長先生のお人柄に甘え、つい、はしたない昔話をしてしまいました」

退出していく店の主人の背に向かって私は深く頭を垂れたのであった。

*

私が妻と娘を伴って八重さんの店を訊ねたのは、暑い日差しが漸く和らいだ仲秋の頃であった。

「あらまあー、東京の若旦那、お久ぶりねぇ」

建付けの悪くなったガラス戸をガタガタと開け、店の中に首を入ると、八重さんはカウンターの奥からにょきっと頭を上げて大げさな声を上げた。

乱れたパーマネントの白髪頭を両手の指先であわてて捌き付け、寝ぼけ眼を手の甲で擦った。八重さんは朝酒を飲んで一眠りしていたらしくて盛んに言い訳を言ってから、

「芋焼酎が恋しくなって遣って来たかねぇ」

とニンマリと私の顔を覗き込んだ。

「芋焼酎も飲みたいけど、今日はお母さんに会いたい人が一緒なんです」

「アタシに会いたい人だってぇ、誰だいそんな酔狂な方は」

「僕の大切な奥さんと可愛い娘です」

乗り気の無い目を宙に投げていた八重さんのぼやけた顔が歌舞伎役者の早変わりよりも素早くにっこりと微笑んだ。

「あらあーそうなのぉー」

「中に入らせて貰っても良いですか」

「何ばかなこと言ってるんだい。内は飯屋だよ、断り何か要るもんかね」

そう言って八重さんは、カウンターの内に戻りいそいそと体を動かし始めた。

「ママァー、さくらー入っておいで」

私はガラス戸の外に声を掛けて、妻と娘を八重さんの店の中に呼び入れた。

「お母さん、妻と娘です」

「あらー可愛い子だねぇ、奥様も美人！」

自慢の持て成し料理でも作っているのか八重さんはちょっとだけ顔を上げて妻と娘を見てお愛想を言った。

「お母さん……春子です」

「やだねー、奥様まで『お母さん』かい、止めておくれよ」

八重さんは俯き気味に挨拶をした妻の顔にほんの一瞬視線を投げただけで忙しそうな手元に目を落とした。

「此方の出だってぇ、お彼岸の里帰りかねぇ」

「もっと早く来ようと思ったんだけど」

「わざわざ東京からじゃ大変だよぉ」

「でも良かった。元気で居て呉れて本当に良かった」

「そうかい、そんなに喜んで呉れる娘のいる親は幸せもんだよ」

「そんなら嬉しいんですけど」

「そうに決まってるじゃないか」

店に入った妻の顔を見た八重さんの包丁の刃音がぎこちない音をたてた。八重さんは子供の手を引いた妻を一目みて自分の娘の春子だと分かったのだと私は思った。

「お母さん。この子、さくら、六歳、一年生に成ります」

「可愛いお嬢ちゃんじゃないか」

「主人はお祖母ちゃんに似てるって」

「婆さんにかい」

八重さんは手元に下していた目を上げて、妻の腕に両の手を絡め恥じらい顔の娘に向かってにっこりと微笑んでみせた。

長い年月、隔たった縁《えにし》を手繰り寄せ心を通わせ合おうとしている母と子を私は神妙に見守るばかりであった。

「取って置きの料理だよ」

八重さんがテーブルに運んだのは大皿いっぱいに盛られた「あらかぶ」の煮付けと青菜の添え物であった。

「クラマ島でとれた『あらかぶ』食べてみんね」

八重さんは何故かつっけんどんな物言いをして自分はカウンターの内に戻り、朝酒の飲み残しが入っていると思われる湯飲み茶碗を手にとって喉に流し込んだ。

「お母さん、僕も煮砂糖割の芋焼酎頂こうかなぁ」

「あいよー」と愛嬌よく答えて一升瓶を抱いて微笑む八重さんの顔が見たいと思ったのだが、その願いは叶わなかった。そればかりか、八重さんは母と子の間に割り込んだ私を咎めた。

「お母さんだの、お祖母ちゃんだの、止めと呉れぇ」

酒が入ると饒舌になる筈の八重さんが、不機嫌で手にした空の湯飲み茶碗の中を憎らしそうに見つめていた。

人妻と成り、母親となった娘との思いも寄らない再会に平静を失った八重さんが素直に嬉しさを受け入れきれずにうろたえもがいていた。

そして、また幼くして別れた母との細い縁の糸を手繰る妻の春子も押し黙ったままであった。

そんな沈黙の中に無邪気な娘のさくらが小石を投げ入れた。

「お魚美味しいよ、さくらと一緒に食べようおばあちゃん」

「うんとお食べ、東京に帰ったら食べれんよ」

「おばあちゃんもさくらの家に来たら食べれなくなるから、今の内にうんと食べよう」

「あらまあ、おしゃまな子だねぇ」

八重さんは、娘のさくらに向けた顔を破れるほど綻ばせて見せた。だが直ぐに皺だらけの白い顔に戻り、憂鬱そうな目を妻と私に向けた。

「不躾ですみませんお母さん、妻はお母さんと一緒に暮らす事を希望しています。もちろん私も娘もです」

ぼんやりと遠くを見る様な眼を手にした湯飲み茶碗に落として、暫く黙ったままであった八重さんは心の迷いを胸の内に収め切れないようで尖った言葉を口にした。

「東京の若旦那、アタシを算段しに来やがったね」

「算段ですかぁ」

八重さんに苦笑いを返しながら私は少し寂しかった。

「ああそうだ。下手な算段だよ、お願いだから見えすぎた茶番は止めと呉れ、優しい男はすかん、大嫌いだって言っただろう」

尖った声を上げたその時の八重さんの言葉は娘の夫への遠慮の気持ちを吐露したものである事を私は分かっていた。だが妻には母親の言葉は夫を非難する悪態に聞こえたようであった。

「見えすぎた茶番だなんて、そんな言い方無い。娘の私より親身に為って母さんを捜し続けて呉れた人に、算段しに来ただなんて、そんな酷い言い方は無い」

そう言って唇を噛み肩を震わせる娘を、皺の深い白い顔が息を殺して見詰めた。息苦しく歪めた顔がやがて淋し気な笑みを浮かべた。

「アタシャね、娘を捨てたんだよ」

「捨ててなんかいないわ」

「アンタにアタシの何が分かるのさ」

「分かります。母さんは那嘉田の家を守る為に辛い奉公に出される前の晩、父さんと私の指を握り締めて、絶対に離れないと約束をしました」

「その約束を破った女なんだよぉ、アタシは」

「体の弱かった父さんは母さんを迎えに行くために必死に働きました。父さんは死ぬ間際まで母さんとの約束を守ろうと頑張ったんです」

「堪忍なぁ、堪忍なぁって母さんに詫びを言いながら死んでいきました。母さんはそんな父さんとの約束を破ったと言うの、破れるはずがない、母さんは嘘をついています」

「止めとくれぇアタシャね、妻や母親らしい事を何一つ遣らんで那嘉田の家を出たんだ。家族を捨てた女なんだよ」

「それだったら私は此処に居ません。家族を捨てた母親など私は探したりしません。私は貴女のお腹の中で育った子です。だから母さんがどんな人か私には分かります」

怒りと失望の入り乱れる蒼白の顔を向け、母親に向かって、自分の思いをうったえる娘の言葉を聞く八重の頭の中に一つの記憶がよぎった。

（アンタのお腹で育った子じゃないか、それ以上の母親が何処に居るって言うんだい）、その時、八重は胸に抱いた我が子に詫びる若い母親に子を持つ同じ母親としての正直な気持ちを告げた。その同じ言葉が捨てた娘の口から返って来たのだ。

言葉を失い愕然と見開いた八重の眼の中で、母親の胸に抱かれた赤子が無心に乳房を吸っていた。

その母親は八重自身である、そして八重の胸に抱かれ乳房を吸っている赤子は、八重のお腹の中で命を育んだ我が子春子であった。

互いを見詰め合う八重さんと妻の頬に流れ落ちる泪の糸が、母と子を一つに繋ぐ絆の糸であって欲しいと私は願うばかりであった。

辛く悲しい不遇な時を生き抜いた八重さんに、母娘水入らずの家族の幸せを受け入れて欲しい。八重さんが、夢だね、と笑った平凡な暮らしを受け入れて呉れる事を私は心から願った。

「いい日寄りだよぉ」

頬に零れた泪の粒を指の腹で払った八重さんが、ガラス窓を開け放って空を見上げた。

通りを隔てた磯の岩に寄せる潮騒がほころんだ心に優しく囁き掛け、浜に沿って開けた市街地の甍《いらか》を銀色に染める仲秋の大気の彼方に、群青の峰が大らかに浮かんで見えた。

「見てんね春子、あの山のむこうから父さんがいつもアタシを見てるんだ」

八重さんは窓の外に身を乗り出し皺だらけの白い顔を目いっぱい綻ばせ声を弾ませた。

玄海灘に面した港町、街中からポツンと一軒だけ離れた粗末な飯屋。日中は滅多に客は無く空き家同然の飯屋だが、陽が落ちると浜の漁師達で結構賑わうという、芋焼酎が大好きで客より先に酔い潰れてしまう飯屋の女主を、浜の漁師達は親しみを込めてウワバミ婆さんと呼ぶ。

「煮砂糖割の芋焼酎おいしかよう」

「みんな飲まんね、たいそう飲んでくれんね」

酔い潰れて眠るウワバミ婆さんの瞼の裏に一艘の小舟が浮かんでいる。

玄界灘の荒風を受け、焼玉エンジンの音を轟かせ飛沫を上げる船上で男勝りに舵を取る若い八重の誇らしい姿がまざまざと見えている。

じいちゃんの好きだった煮砂糖割の芋焼酎に酔い痴れながら、育ての親である祖父母を偲び、報《むく》えぬ恩を悔い眠るウワバミ婆さんの眼には、決して忘却する事の無い景色が映っている。

婚家の窮状を救うために辛い奉公に出る前夜、絶対に離れないと指を絡め合った夫と幼い娘の姿を彼女は一日として忘れる事は無かった。

愛しい夫と娘と暮らした短すぎる珠玉《しゅぎょく》の日々、そして玄界灘の小島で祖父母と過ごした至福の日々、かけがえのない二つの時を懐かしみ悔やみ詫びながら二十年余りの歳月を過ごした粗末な飯屋、その粗末な飯屋は夢を諦めず明日へ向かって不屈な心で生き続ける女、愛しい家族の糸に導かれ人生の荒海を進む八重の舟である。

完

あとがき

「米は食うもんじゃなか、売りもんじゃ。米の飯が食いたかったら、早う、おおきゅうなって給料取りに為れ」

それが、米造り農家の父親の口癖であった。

米の飯が食べられなくても、不服《ふふく》は無かった。腹が減ったら「ふかしいも」を食ったし、山に行けば野イチゴやイチジク、椎の実に山ぶどう等四季折々のお八つ代わりの実りを口に出来た。

それが日本中の農家の子供の暮らしなのだと納得していたし、結構楽しい日々であった。

それでも、正月や村祭り等の特別な日に家中の者で食べた、ふかふかの白い米の飯は格別に美味しかった。

戦後生まれの私は、日本中の人々が食に飢え貧困の暮らしに耐え忍んだ昭和の大不況を知らないし、島国日本が世界の先進国を相手に戦った大戦争を知らない、まして家や家族を守る為に不条理を受け入れ、不遇な人生を強いられた若い女性達が居た事等知る由も無い事であった。

そんな私は、東京の企業に職を得てサラリーマン人生を始めた頃、上司のお供をして入店したナイトクラブでカルチャーショックを受けた。

裕福そうな男性のひしめく秘めやかな空間に、蝋燭の赤い火の点るテーブルで飲むソーダー水割の蒼い酒、薄暗いホールで異性と体を寄せ合うチークダンスに戸惑うお上りさんを相手に語った、ホステス嬢の身の上話が衝撃を与えた。

和服の良く似合うホステス嬢と言うには余りにも高齢な女性は、東北の農家の生まれで、尋常小学校を終えた十二歳の年、口減らしの為に身売りされたとも知らずに花街の下女に為ったのだと言った。

敗戦後、花街が無くなっても実家に戻る事も無く、夜の街を渡り歩いた末に東京に流れ着いたのだと、自分の子供ほどの客に艶のある笑みを呉れながら彼女は語った。

「戦争は男ばかりの戦《いくさ》じゃない、死ぬより辛い戦をした女は日本中にごまんと居る」戦地帰りの上司が事もなげにいった。昭和の大不況や戦中戦後の庶民の暮らしが如何に過酷で悲惨なものであったか、東京に出て来た頃の私は人並みの知識は持って居た、それで、上野のお山や人流の多い路肩で傷病兵紛いに体中に白い晒を巻きつけ物乞いをする者をニガニガしく見た。

それに比べ、高齢のホステス嬢は大都会の夜の街でひっそりと生きて来たに違いなかった。自分の子供ほどのお上りの客を相手にした彼女は、多分初心だった若い頃の自分を思い出したのだと思うと切なかった。

母親と同年代のホステスが語った身の上話は、どんなにリアルな画像や絵文字よりも強い衝撃を私の心に浴びせた。大げさな感傷かも知れない、私が森や川、田畑ばかり見て育った子ではなく、戦争の傷跡を多少なりとも見て育った町の子であったならばそれほどのショックを受ける事は無かったと思う。

それだけ、九州の片田舎で茶色の麦飯を食い、芋をたらふく食って育った私は幸せ者であったのだ。

戦後四半世紀を過ぎて、復興を為し遂げ経済大国の仲間入りをした日本の首都東京の夜の世界で、ひっそりと生きて来た高齢のホステスとの出会いは、平和な昭和だけしか知らない私が大不況下の無謀な戦争の現実に触れた瞬間だった。

それから半世紀が過ぎて、猫の額ほどの菜園で土塊と共に日暮れる日々、故郷を偲び書き始めた「夕照」のペン先の文字に、若い日ナイトクラブで出あった高齢のホステス嬢の艶顔が絡みついた。

「死ぬより辛い戦をした女は日本国中にごまんと居る」、戦地帰りの上司の言葉が頭を過り、不意に小さな川の流れにそった屋並が思い出された。それは高校生活を過した港町の街はずれの景色で、その流れにそった屋並の一角に格子窓の付いた高屋がたしかに存在していた。自分の古里にも同じ境遇の女性が居たのではなかろうかと思った。

あとがき

愛する郷土を背景に女性達が辿っただろう不遇な人生を書きたいと思った。
拙い本をご購読いただいた読者の皆様ありがとうございます。
出版にあたりご指導ご協力いただきました風詠社の皆様に心より感謝申し上げます。

熊福　厚嗣

熊福　厚嗣（くまふく・あつし）

1946年7月、佐賀県唐津市生まれ。現在、埼玉県在住。
九州産業大学商学部（経済）卒業。
著作　『夕照《ゆうでり》』文芸社（2020年4月）

八重の舟

2021年12月28日　第1刷発行

著　者　熊福厚嗣
発行人　大杉　剛
発行所　株式会社 風詠社
〒553-0001 大阪市福島区海老江5-2-2
大拓ビル5 - 7階
TEL 06（6136）8657 https://fueisha.com/
発売元　株式会社 星雲社
（共同出版社・流通責任出版社）
〒112-0005 東京都文京区水道1-3-30
TEL 03（3868）3275
印刷・製本　シナノ印刷株式会社

ISBN978-4-434-29787-8 C0093